Tucholsky Wagner Zola Scott Sydow Freud Schlegel
Turgenev Wallace Fonatne Freud
Twain Walther von der Vogelweide Fouqué Friedrich II. von Preußen
Weber Freiligrath Frey
Fechner Fichte Weiße Rose von Fallersleben Kant Ernst Frommel
Richthofen
Engels Fielding Hölderlin
Fehrs Faber Flaubert Eichendorff Tacitus Dumas
Eliasberg Ebner Eschenbach
Feuerbach Maximilian I. von Habsburg Fock Zweig
Ewald Eliot Vergil
Goethe Elisabeth von Österreich London
Mendelssohn Balzac Shakespeare Dostojewski Ganghofer
Lichtenberg Rathenau Doyle Gjellerup
Trackl Stevenson Hambruch
Mommsen Tolstoi Lenz Droste-Hülshoff
Thoma Hanrieder
Dach Verne von Arnim Hägele Hauff Humboldt
Karrillon Reuter Rousseau Hagen Hauptmann Gautier
Garschin
Defoe Baudelaire
Damaschke Hebbel
Descartes Hegel Kussmaul Herder
Wolfram von Eschenbach Dickens Schopenhauer Rilke George
Bronner Darwin Melville Grimm Jerome
Campe Horváth Aristoteles Bebel Proust
Bismarck Vigny Barlach Voltaire Federer Herodot
Gengenbach Heine
Storm Casanova Tersteegen Grillparzer Georgy
Chamberlain Lessing Langbein Gilm Gryphius
Brentano Lafontaine
Strachwitz Claudius Schiller Kralik Iffland Sokrates
Bellamy Schilling
Katharina II. von Rußland Gerstäcker Raabe Gibbon Tschechow
Löns Hesse Hoffmann Gogol Wilde Gleim Vulpius
Luther Heym Hofmannsthal Klee Hölty Morgenstern Goedicke
Roth Heyse Klopstock Kleist
Luxemburg Homer Mörike Musil
La Roche Puschkin Horaz
Machiavelli Kierkegaard Kraft Kraus
Navarra Aurel Musset Lamprecht Kind Kirchhoff Hugo Moltke
Nestroy Marie de France
Laotse Ipsen Liebknecht
Nietzsche Nansen Ringelnatz
Marx Lassalle Gorki Klett
von Ossietzky Leibniz
May vom Stein Lawrence Irving
Petalozzi Knigge
Platon Michelangelo Kafka
Sachs Pückler Kock
Poe Liebermann Korolenko
de Sade Praetorius Mistral Zetkin

Der Verlag tredition aus Hamburg veröffentlicht in der Reihe **TREDITION CLASSICS** Werke aus mehr als zwei Jahrtausenden. Diese waren zu einem Großteil vergriffen oder nur noch antiquarisch erhältlich.

Symbolfigur für **TREDITION CLASSICS** ist Johannes Gutenberg (1400 — 1468), der Erfinder des Buchdrucks mit Metalllettern und der Druckerpresse.

Mit der Buchreihe **TREDITION CLASSICS** verfolgt tredition das Ziel, tausende Klassiker der Weltliteratur verschiedener Sprachen wieder als gedruckte Bücher aufzulegen – und das weltweit!

Die Buchreihe dient zur Bewahrung der Literatur und Förderung der Kultur. Sie trägt so dazu bei, dass viele tausend Werke nicht in Vergessenheit geraten.

Die Nixe

Max Nordau

Impressum

Autor: Max Nordau
Umschlagkonzept: toepferschumann, Berlin

Verlag: tradition GmbH, Hamburg
ISBN: 978-3-8424-1000-8
Printed in Germany

I.

Die mondklare, sternhelle Juninacht begann auch dem rastlosen Paris ihre Zauberstille anzuschmeicheln. Die Theater waren seit einer Stunde geschlossen und der Strom ihrer Besucher in die Häuser versickert. Die hohen Mauern der verödeten Straßen hallten seltsam wider, wenn zwischen ihnen eine seltene Nachtdroschke entlangrumpelte.

Rudolf Körte hatte den Abend in einem Boulevardtheater verbracht, nach der Vorstellung noch auf der Terrasse eines Bierhauses eine Weile gesessen, um das allmähliche Abklingen und Ersterben des Weltstadtgetöses in seinen erregten Nerven genießend mitzuerleben, und dann den Heimweg durch das Hallenviertel genommen, das auch in der Nacht rege ist.

Nun stand er wieder in wunderlicher Einsamkeit an der Steinbrüstung des *Pont neuf* und nahm das unvergleichliche Bild in Whistlerscher Manier, Silber und Dunkelblau, in sich auf. Der in breiten Querlinien glitzernde Strom, der sich in der Ferne durch eine Rechtswendung dem verfolgenden Blick entzog, war vom roten Licht der Brückenlampen und dem Widerschein der Gasflammenzeilen beider Ufer feurig punktiert. Notre Dame zeichnete in den von einer geheimnisvollen Helligkeit überhauchten Himmel ihren ausdrucksvollen Umriß ein. In unabsehbarer Folge schatteten Türme, Kuppeln und Dachfirste auf den sternflimmernden silbern lasierten Grund hin. Es war eine andere Schönheit, als sie das Paris des Tages zeigt, eine Schönheit der Ruhe und des Friedens, die sich in feierlichen Architekturlinien ausdrückt und von der Rudolf Körte den entzückten Blick nicht loslösen konnte.

Die Wonne des Lebens ging ihm ein wie vielleicht nie zuvor. Die Welt war so schön und er vierundzwanzig Jahre alt! Seine Erinnerungen waren Familienzärtlichkeit und gedeihliche Geistesarbeit, seine Gegenwart war unerschöpfliche Genußfähigkeit der Sinne und Seele, seine Zukunft ein schimmerndes Bild, von freudiger Hoffnung gemalt. Er war Neuphilologe und nach Beendigung seiner Studien in Bonn auf zwei Semester nach Paris gekommen, um sich in seinem Fach zu vervollkommnen, ehe er sich zum Herbstbeginn an seiner Heimathochschule als Dozent habilitierte. Seinen

Vater, einen über die akademischen Kreise hinaus bekannten Professor, hatte er vor drei Jahren verloren. Er war der Augapfel und Stolz seiner verwitweten Mutter und der zwei jüngeren Schwestern, zwischen denen er aufgewachsen war und die er, von kurzen Ferienfahrten abgesehen, im vergangenen Herbst zum erstenmal verlassen hatte. Daß seiner eine ruhmvolle Laufbahn harrte, bezweifelte niemand, der ihn kannte. Er pflegte seine Wissenschaft nicht nur als Forscher, sondern auch als Dichter. Der Sonderzweig, dem er schon seine Doktordissertation gewidmet und mit dem er seitdem sich zu beschäftigen nicht aufgehört hatte, war der bretonische Sagenkreis in altfranzösischer Behandlung, und er brachte seinen Helden, dem König Artus und seiner Tafelrunde, Tristan und Isolde, den meerentstiegenen Schwanenjungfrauen, die Landbewohner heirateten, nicht bloß sprachwissenschaftliche Anteilnahme entgegen, sondern lebte auch im Gemüte mit ihnen. Nach Anlage und Neigung romantisch gestimmt, von Mondscheinnächten in rheinischen Trümmerburgen zur Schwärmerei geweckt, wurde er in diesem Hange durch die Beschäftigung mit den kindlichen und reizenden frühmittelalterlichen Stoffen bestärkt. Zum Ertrag seiner Pariser Arbeit durfte er sich Glück wünschen.

Ein Handschriftfund in der Nationalbibliothek war der Lohn seiner Forscheremsigkeit, die Nachdichtung eines altbretonischen Nixenromans in Versen die Frucht seines künstlerischen Schaffens. Er kehrte binnen wenigen Wochen mit zwei Werken heim, von denen er sich auf beiden Gebieten, wo er sich zu betätigen gedachte, Erfolg und Anerkennung versprach.

Die Herrlichkeit des Augenblicks hatte gleichsam perspektivische Verlängerungen, wie rückwärts, so vorwärts. Rudolf Körte war in dieser Minute das seltene Beispiel eines Menschenwesens, das sich bis an den Herzensgrund glücklich fühlt. Das eine Wehmutströpfchen, das sich in den Becher seiner Freudigkeit mischte, war die halbbewußte Vorstellung der Einzigkeit jedes Lebensmoments. Warum konnte er diese wunderbare Stunde mit ihrem überreichen Inhalt an Gesichten und Empfindungen, an Zuversicht und Ahnung nicht festhalten? Warum mußte sie mit leisem Fluge enteilen wie ein im Traum erblickter Vogel Phönix, den später die Sehnsucht immer wieder vergebens herbeizaubern möchte? Er war von klein auf zu sehr an selbstbetrachtendes Sinnen gewöhnt, um nicht über die

Helligkeit, die jetzt seine Seele erfüllte, den Gedanken gleich einem Wolkenschatten hinhuschen zu fühlen, daß er Welt und Leben, sich selbst, seine Entwürfe und Erwartungen nie wieder so sehen, so empfinden würde wie in dieser mondbeglänzten Vorfrühe.

Er riß sich endlich von seinem schwelgenden Schauen los und lenkte die Schritte seiner Wohnung zu, die in einem alten Studentenhotel, an der Ecke des Quai des Grands Augustins und der Rue Séguier, gelegen war. Von Notre Dame her dröhnte der Glockenschlag halb zwei. Der Quai war menschenleer, so weit man ihn absehen konnte. Gerade als Korte in die Rue Séguier einbiegen wollte, fuhr aus der dunkeln Straße in wildem Lauf eine weibliche Gestalt heraus, prallte an ihn, daß sie, klein und schmächtig, wie sie schien, den hochgewachsenen, breitschultrigen jungen Mann zurücktaumeln machte und fast über den Haufen rannte, ließ sich indes durch den Zusammenstoß nicht aufhalten, sondern sprang wie ein gehetztes Wild in tollen Sätzen weiter, schräg über den Straßendamm bis zur Lücke in der Quaibrüstung, wo eine Zufahrt zum Stromufer hinabging, und verschwand im Nu hinter der Steinmauer.

Von der Plötzlichkeit des Vorganges überrumpelt, hatte Korte stillgestanden und dem vorbeijagenden Wesen verblüfft nachgeschaut. Floh sie vor einem Verfolger? Warum ließ sie dann keinen einzigen unwillkürlichen Hilferuf hören? In der Rue Séguier blieb es still – es war der Fliehenden niemand auf den Fersen. Kortes Zögern dauerte nur Augenblicke. Mit drei Schritten war er an der Brustlehne und kam gerade recht, um zu sehen, wie die Erscheinung, vom Anlauf fortgerissen, mit einem Bogenschwung in den Strom sprang, bei der Berührung des kühlen Wassers einen schwachen Schrei ausstieß und klatschend in der aufsprühenden Flut unterging.

Er eilte den Abhang hinunter und ohne sich zu bedenken, ohne von der leichten Sommerkleidung etwas abzuwerfen, war der geübte Rheinschwimmer mit einem Satz in der Seine. Der Wasserstand war eben nicht hoch, die Strömung in dem die Citéinsel links umfassenden schmälern Flußarm nicht heftig. Er brauchte nicht lange zu warten und nicht nachzutauchen. Die Lebensmüde trieb nach wenigen angstvollen Sekunden auf und erschien einige Armlängen von ihm auf der Oberfläche. Mit zwei- oder dreimaligem Ausstreichen war er bei ihr und hatte sie gefaßt. Sie war noch nicht besinnungslos und versuchte um sich zu schlagen, wobei sie gurgelnd und heiser hervorstieß: »Laß mich! Laß mich!« Ohne sich an ihr Zappeln zu kehren, strebte er schleunig nach dem Ufer zurück und zog sie mit sich aus dem Wasser.

Als er gelandet hatte, suchte er die Gerettete auf die Füße zu stellen. Sie knickte zusammen. Ihre Augen waren geschlossen, ihre Atemzüge schwer und selten. Sie schien ohnmächtig zu sein. Er fand die Lage ungemütlich. Was zunächst beginnen? Sie hinlegen? Es widerstrebte ihm, sie auf das nackte Katzenkopfpflaster der Lände auszustrecken. Einen Flußwächter oder Schutzmann rufen? Weit und breit war keiner zu sehen. Ein forschender Blick überzeugte ihn, daß er ein zartes, zierliches, beinahe kleines Geschöpf vor sich hatte. Hier half kein Fackeln. Kurz entschlossen nahm er sie in seine Arme und stieg mit ihr hinauf. Sie ließ es widerstandslos geschehen und lehnte das blasse hübsche Gesicht wie ein schlafendes Kind an seine Brust, während ihr gelöstes schwarzes Haar lang und straff hinabhing und, wie ihre und seine Kleider, reichlich troff.

Er war bald oben, hatte seine Haustür erreicht und blieb stehen. Das klatschnasse, unvollkommen bekleidete Bündel in seinen Armen stieß einen Seufzer aus und schlug ein paar dunkle, wirr blickende Augen auf.

»Ich wohne hier,« sagte Korte; »können Sie stehen?«

Die Unbekannte erwiderte nichts, nestelte sich aber inniger an seine Brust.

»Soll ich Sie irgendwohin bringen? Sie wohnen ja zweifellos in der Nähe.«

»Nein nein,« kam es hastig und leise heraus.

»Ja – hier auf der Straße können wir doch nicht bleiben. Wir müssen doch zunächst aus den nassen Kleidern heraus.«

»Zu Ihnen! Zu Ihnen!« hauchte sie.

Ein Schüttelfrost durchflog ihren weichen jungen Leib und ihre Zähne begannen hörbar zu klappern. Auch ihn fröstelte es unbehaglich. Er urteilte, daß er keine Wahl habe. Auf sein Schellen wur-

de die Klinkenschnur gezogen, er trat mit seiner Last ein, stieß die
Tür mit dem Fuß hinter sich zu, rief, an der Pförtnerstube vorbeigehend, laut seinen Namen und war bald an seiner Stube, die nur eine
Treppe hoch lag.

Er setzte seinen Gast sachte ab, um die Arme und Hände frei zu
bekommen. Jetzt ließ sie es geschehen und hielt sich mäuschenstill,
bis er aufgeschlossen und drinnen Licht gemacht hatte.

Nun trat sie hinter ihm schwankenden Schrittes ein und ließ sich
in die Ecke des roten Wollplüschsofas fallen, dessen Sitz und Rückenlehne sie gründlich näßte. Sie wandte ihr Gesicht seitwärts
gegen die Lehne und begann krampfhaft zu schluchzen.

Es widerstrebte Korte, sie in diesem Zustande einem Verhör zu
unterziehen, aber es mußte doch rasch etwas geschehen.

»Fassen Sie sich, bitte, fassen Sie sich,« sagte er sanft, ganz nahe
an sie herantretend. »Sie müssen, zunächst aus dem nassen Zeug
herauskommen. Ich auch. Ich werde die Pförtnerin wecken, damit
sie Ihnen trockene Sachen leiht und sonst behilflich ist.«

»Nein nein,« stieß sie leise, doch energisch, hervor, »nicht die
Pförtnerin.«

»Es ist mir ja auch nicht angenehm – wegen des Geredes – aber
ich habe doch keine Damenwäsche –«

»Leihen Sie mir ein Nachthemd von Ihnen.«

»Ein Nachthemd! Von mir!«

»Damit kann ich zu Bette gehn. Inzwischen trocknen meine Sachen.«

Die Studentenwohnung bestand aus einem mäßig großen Salon
mit zwei Fenstern nach der Rue Séguier und einem Alkoven mit
kleinem Ankleidekabinett. Es gab da nur ein Bett und ein dreisitziges Sopha, das etwa als Lagerstatt dienen konnte. Wenn sie zu Bette
zu gehen gedachte – hm.

Er überlegte nur ganz kurz. Dann zog er schweigend die Schublade der Kommode auf, holte eins seiner Nachthemden heraus und
reichte es ihr.

Sie setzte sich gerade, fuhr sich rasch mit beiden Händen über die Augen und hörte zu weinen auf.

Sie begann an ihren Schnürschuhen zu basteln, ihre Finger zitterten jedoch und sie kam nicht vorwärts. Korte beobachtete ihr Tun und als er sah, daß sie den Knoten des Schuhbandes nicht offen bekam, kniete er vor sie hin, löste ihn, zog ihr, nicht ohne einige Gewalt, die verquollenen Schuhe und die Strümpfe, die erst vom Gummihalter hoch oben losgeknöpft werden mußten, von den kleinen, hochgewölbten, eisig naßkalten Füßen und behielt diese eine kleine Weile in seinen Händen, um sie zu wärmen. Er wollte sich überreden, daß er dies nur in Samariterabsicht tat, empfand es indes doch als ungehörig und ließ die weißen Füßchen, nicht ohne Bedauern, fahren. Da beugte die Gerettete sich zu ihm nieder, faßte seine Hand und drückte einen langen Kuß darauf. Er zog sie verwirrt zurück, stand auf und sagte mit einer Stimme, die er zu gleichmütigem Klange zu zwingen suchte: »Also, wenn Sie durchaus bis morgen hier bleiben wollen – es ist wohl in der Tat das Vernünftigste – so will ich Sie einen Augenblick allein lassen, damit Sie sich rasch auskleiden und ins Bett kommen.«

Während er aus dem Nachtkästchen, der Kommode und einem Wandschrank Pantoffel, allerlei Unterzeug und Kleidungsstücke zusammensuchte, fuhr er fort: »Es tut mir, sehr leid, daß ich Ihnen gar nichts Stärkendes anbieten kann – Sie haben es gewiß sehr nötig.«

»Nein. Nur Ruhe. Nur Wärme,« flüsterte sie mit einem Schauder.

»Doch, doch. Aber in dieser kahlen Junggesellenstube gibt es nichts. An die Pförtnerin soll ich mich nicht wenden. So will ich zu einem Freund nebenan gehen. Vielleicht finden wir bei ihm etwas.«

Ohne eine Antwort abzuwarten, ging er hinaus, schlich zu einer nahen Tür auf demselben Gang und pochte leise. Drinnen rührte sich nichts. Er wiederholte das Klopfen kräftiger, obschon er es gern vermieden hätte, die übrigen Hausgenossen zu stören.

»Wer ist da?« ließ sich endlich eine Baßstimme auf Englisch vernehmen und wiederholte gleich darauf die Frage auf Französisch mit heftig angelsächsischer Aussprache.

»Ich bin's, Korte,« gab der junge Mann deutsch zurück, »verzeihe, daß ich dich wecke. Bitte, öffne mir.«

»Oh!« tönte es aus der verschlossenen Stube heraus; man hörte das Anreißen von zwei oder drei Streichhölzern, die nicht gleich brannten, einiges Gepolter, hastig schlurrende Schritte, das Zurückschieben eines Riegels, die Tür ging auf und Korte stand vor einem stämmigen mittelgroßen, nicht mehr jungen Mann, der einen erstaunten Blick auf ihn warf und ausrief: »Junge! Wie siehst du aus! Kommst du aus dem Wasser?«

»Das tu ich wirklich, Jack,« gab der Angesprochene eintretend zurück. »Entschuldige diesen Einbruch in deine Nachtruhe. Ich muß mich aber zunächst mal unbedingt meiner nassen Kleider entledigen.«

Während er sich rasch vollständig auskleidete, den Leib mit einem Handtuch vom Waschstand seines Freundes ein wenig abrieb und in die mitgebrachten trockenen Sachen fuhr, sagte er: »Ich habe eben ein außerordentliches Abenteuer erlebt. Ich habe mir zur Geisterstunde in der Seine ein Nixlein gefangen und nach meiner Bude entführt. Da ist es nun.«

Der Mann, den Korte mit Jack angesprochen hatte, saß in seinem Nachtanzug auf seinem Bettrand und sah ihm zu. Als sein Freund vom Nixenfang sprach, schien er überrascht, seine noch etwas verschlafenen Augen öffneten sich plötzlich groß und sein Gesicht nahm einen besorgten Ausdruck an. Er wußte, daß Korte seit Monaten an einer Dichtung von der Liebe eines Fischers und einer Nixe gearbeitet hatte und von dem Stoffe ganz erfüllt war, und sein erster Gedanke war: »Um des Himmels willen! Sollte er infolge allzu leidenschaftlicher Hingabe an seinen Gegenstand übergeschnappt sein?«

Dazu stimmte allerdings nicht, daß Korte ganz ruhig und verständig schien.

»Rudolf,« fragte Jack mit seiner tiefen Stimme, »erzählst du mir einen Gesang deiner Märchendichtung oder etwas Wirkliches?«

Rudolf mußte über den ernsten, eindringlichen Ton der Frage lächeln. »Beides, Jack. Ein Hauptstück meines Romans ist wunderbar lebendig geworden. So etwas wie ein Pygmalionerlebnis. Auf meinem Heimweg sah ich plötzlich ein schönes Weib, mit bloßem Haar und in einem Spitzenschlafrock, vor meinen Augen in die Seine springen.«

»Um ein nächtliches Flußbad zu nehmen?«

»Schwerlich. Ich ihr nach, ich fische sie heraus und da sie Wasser geschluckt hatte und nicht gleich stehen und gehen konnte, trug ich sie heim.«

»Heim zu ihr?«

»Nein. Zu mir. Ich sagte es dir ja schon.«

Jack schüttelte den Kopf. »Das war nicht recht.«

»Sie wollte es so. Ich weiß ja auch gar nicht, wo sie wohnt und wer sie ist.«

»Hast du sie gefragt?«

»Welch ein trockener Pedant! Daran denkt man wohl zuerst, wenn man ein verzweifeltes Geschöpfchen aus der Seine zieht! Na, kurz, da sitzt sie nun bei mir, oder ist inzwischen hoffentlich schon zu Bette gegangen, und klappert mit den Zähnen und ihre Schwanenflügel sind wohl ausgezogen und liegen auf meinen Möbeln zum Trocknen umher. Das Dringendste scheint mir jetzt ein stärkender Trunk für sie, womöglich etwas warmes. Ich bin sicher, daß du wieder einmal meine Vorsehung sein wirst.«

Jack schien unzufrieden. »Ich habe etwas Whisky und kann auf der Spirituslampe Tee machen.«

»Vortrefflich. Gib rasch den Whisky. Auf den Tee können wir dann warten.«

Jack erhob sich, holte ohne Eile aus einem Hängeschränkchen eine Flasche Old Morven und stellte sie nebst zwei Gläschen auf den Tisch. Rudolf goß rasch ein Gläschen voll und steuerte damit zur Tür.

»Nimmst du nicht auch einen Tropfen?« fragte Jack und füllte das zweite Gläschen.

»Später,« antwortete Rudolf von der Tür her und verschwand.

Jack sah ihm nach, schüttelte leise den Kopf und führte sich das stehengebliebene Gläschen Whisky langsam zu Gemüte. Dann hüllte er sich in einen Pyjama, der über die Lehne des Armstuhls am Fußende des Bettes gelegt war, und schritt bedächtig zum Bereiten des Tees.

Tassen und Zuckerdose standen auf dem Tische, auf der brennenden Spirituslampe begann das Wasser zu wallen und zu singen, als Rudolf wieder eintrat. Er war rot und atmete etwas stärker als gewöhnlich.

»So,« sagte er, »es hat ihr gut getan.«

»Ist sie wirklich zu Bette gegangen?« fragte Jack und goß das siedende Wasser in den Teetopf.

»Ja.«

»Weißt du nun, wer sie ist?«

»Nein,« sagte Rudolf kurz und beinahe ärgerlich, so daß Jack sich im Brauen unterbrach und zu ihm aufschaute. »Nach ihrer Sprache zu urteilen,« fügte er einlenkend hinzu, »ist sie etwas Besseres als eine gewöhnliche Arbeiterin oder dergleichen.«

Der Tee war fertig und Jack richtete ihn an. »Also eine Studentin von Bullier oder eine Frau, die nach einem Zank ihrem Mann weggelaufen ist. In beiden Fällen eine schlechte Gesellschaft. Ich liebe die Schwanenjungfrauen nicht, die man sich um Mitternacht herum in der Seine fängt.«

Rudolf hielt es für überflüssig, etwas zu erwidern. Er nahm schweigend die dampfende Tasse mit drei Stückchen Zucker und dem Löffelchen auf der Untertasse und ging.

»Vorsicht!« brummte ihm Jack nach, »schau, daß du sie auf gute Art los wirst!«

Rudolf ging sachte, um aus der randvollen Tasse nichts zu verschütten, während er sie auf seine Stube trug.

In seinem Bette, von ihm sorgsam in die Decken eingesäumt, lag der Gast. Ihr schwarzes Haar war über das Kissen und die Schlummerrolle ausgebreitet und machte sie naß. Aus dem viel zu breiten Kragen des Nachthemdes sah der feine weiße Hals und ein tiefer

Ausschnitt der Büste hervor, während die Hände in den langen Ärmeln verschwanden. Die Lippen waren wieder rot, auch die Wangen begannen sich zu färben und die dunkeln Augen blickten nicht mehr glanzlos. Sie lächelte ihm entgegen, als er an das Bett trat, und enthüllte dabei die Schneiden weißer, kleiner, gleichmäßiger Zähne.

»Trinken Sie noch etwas Tee,« sagte er, »dann lasse ich Sie ruhen.«

Sie wandte ihm das hübsche Gesicht zu und flüsterte: »Danke. Wie gut Sie sind!«

»Sie müssen sich aber aufsetzen, bitte.«

Sie blieb jedoch liegen und erwiderte leise: »Wenn ich mich bewege, dreht sich alles mit mir im Kreise und mir wird unwohl.«

»Gerade dafür ist der Tee vorzüglich. Erlauben Sie –«

Er hatte die Tasse auf den Nachttisch gesetzt und schob den linken Arm unter den Rücken der Liegenden. Sie setzte sich auf, lehnte den Kopf an seine Brust, schloß die Augen und ließ sich wie ein schlaftrunkenes Kind oder eine Schwerkranke den duftenden Trank von ihm einflößen. Sie versuchte gar nicht, die langen Ärmel zurückzustreifen, die Hände freizumachen und ihm die Tasse abzunehmen. Das Nachthemd entblößte ihre Schultern mehr, als es sie verhüllte.

Als sie ausgetrunken hatte, zog er den Arm, der leise zitterte, zurück und sie ließ sich langsam auf das Kopfkissen sinken, während ihre Blicke ihm innig dankten.

Er wandte den Kopf ab und blickte in seinem Zimmer umher. Was er sah, war nicht geeignet, sein Blut zu beruhigen. Auf dem Tische, auf den wenigen Stühlen, auf dem kleinen Sofa, auf der Kommode lagen und standen ein paar zierliche Schühchen, lange schwarze Seidenstrümpfe mit gestickten Zwickeln, ein Rosaatlasmieder mit schwarzen Spitzen, ein cremefarbener, hübsch geputzter Schlafrock, andere, vertrautere Kleidungsstücke, alle verführerischen Heimlichkeiten eines jungen Weibes, das alles bis auf den letzten Faden von sich geworfen hat, und jedes Stück und jede Spitze und jede Falbel beging prickelnde und stachelnde kleine Verrätereien und raunte ihm den Kopf voll gewürzter, duftender Lockungen. Er war weder ein Duckmäuser noch ein Fischblüter; weit entfernt davon; aber an der Liederlichkeit des Lateinischen Viertels hatte er, an seine heimische Zucht und den beständigen Umgang mit der Mutter und den beiden Schwestern gewöhnt, keine Freude und darum war seine unverbrauchte, unabgestumpfte Jugend für das Aufregende der weiblichen Gegenwart noch in allen Nervenfasern und Äderchen empfänglich.

»Sie müssen auch erschöpft sein – durch meinen Unsinn – verzeihen Sie –« sagte der Gast und zog die langen Ärmel zurück.

»Sehen Sie ein, daß es ein Unsinn war?« fragte Rudolf und drohte ihr mit dem Zeigefinger.

Sie bemächtigte sich seiner Hand, hielt sie fest und stieß einen tiefen Seufzer aus. »Wenn Sie wüßten! Aber nicht jetzt. Gehen Sie zur Ruhe.«

Sie zog ihn nicht eigentlich, aber es war etwas in der Berührung ihrer warmen, weichen Hände, was ihn zwang, sich zu ihr niederzubeugen. Sein Gesicht näherte sich dem ihrigen und ehe er sich bewußt wurde, ob er es gewollt, hatten seine Lippen einen brennenden Kuß wie einen Blitzschlag empfangen und kurz und heiß erwidert. Doch erhob er sich rasch wieder, machte die an seinem Nacken verschlungenen Hände sanft los und sagte stockend: »Gute Nacht. Oder guten Morgen. Schlafen Sie. Und vergessen Sie den Spuk dieser Nacht.«

Sie rückte ein wenig vom Bettrand weg, seufzte wieder tief und schloß die Augen. Überwältigt von den Erschütterungen dieser letzten halben Stunde, tötlich ermattet von dem Gewitter, das sich in ihr ausgetobt hatte, schlief sie ganz plötzlich unter seinem Blicke ein. Er ging auf den Fußspitzen hinaus und machte die Tür behutsam hinter sich zu. Er war mit sich zufrieden, daß er dem leidenschaftlichen Drange seiner Sinne widerstanden hatte. Sein Gefühl sagte ihm beinahe vernehmlich, daß es nicht schön, nicht männlich gewesen wäre, sich an einem Wesen, dessen Wille zurzeit augenscheinlich vernichtet, das ohnmächtig in seine Gewalt gegeben war, für eine menschenfreundliche Bewegung bezahlt zu machen. Sittlich wäre dies von einer Versündigung an einer Leiche nicht viel verschieden gewesen – brr! Aber die Genugtuung über seine anständige Handlungsweise konnte nicht verhindern, daß er mit berückender Lebendigkeit die reizende Schläferin in seinem Bette vor sich sah und ihre Hände, ihren Rücken, ihre Lippen fühlte.

Er fand Jack, als er wieder bei ihm eintrat, am Tische sitzend und Tee trinkend. »So,« sagte er, »jetzt schläft sie. Morgen früh werden wir dann sehen, wie das Abenteuer sich weiter entwickelt.«

»Brav, Junge,« erwiderte Jack. »Hast dir eine Lebensrettungsmedaille verdient. Du kannst dich sehen lassen.«

»Ach was,« meinte Rudolf achselzuckend, und dachte bei sich, daß der Sprung ins Wasser nicht das Schwerste und Löblichste an diesem Erlebnisse war.

Jack hatte seinen Tee ausgetrunken. Er goß Rudolf eine Tasse voll, schenkte ihm ein Gläschen Whisky ein, erhob sich, breitete über einen ziemlich großen Divan, mit dem sein Zimmer ausgestattet war, eine Reisedecke, schichtete die beiden Kissen, die zu dem Möbel gehörten, an einem Ende, legte einen schottischen Plaid auf das andere und sagte: »Damit mußt du vorliebnehmen. Aber es handelt sich ja nur um ein paar Stunden. In deinem Alter braucht man keinen Satrapenpfuhl, um sich auszuruhen.«

»Ich möchte dir lieber nicht zur Last fallen,« erwiderte Rudolf. »Die Nacht ist schön und lau. Es ist jetzt zwei Uhr morgens. Es wird wohl das vernünftigste sein, ich bummle bis zum Morgen.«

»Unsinn!« rief Jack streng. »Lege dich sofort hin. Ich tue dasselbe. Und nun gute Nacht.« Er streifte seinen Pyjama ab, kehrte in sein Bett zurück, wartete, bis Rudolf sich der Oberkleider entledigt hatte, blies die beiden Kerzen aus und schlief einige Augenblicke später den Schlaf des Gerechten.

Rudolf dagegen blieb noch lange wach. Der Gedanke an die liebliche Schläferin nebenan verließ ihn nicht. Er mußte die stärksten Willensanstrengungen machen, um nicht von seinem Lager aufzuschnellen und in seine Stube zu eilen. Er sann sich den Roman aus, der mit dem Sprung ins Wasser enden sollte. Er erfand und verwarf eine ganze Reihe Lesarten und die spätere war immer romantischer, immer edler als die vorhergehende. Alle niedrigeren Möglichkeiten, die sich der Einbildung zuerst darboten, wurden verworfen und er langte zuletzt dabei an, daß die Unbekannte ein tief und stark fühlendes Mädchen war, das seine Eltern – nein, das Stiefeltern zur Ehe mit einem ungeliebten Mann zwingen wollten und das diesem Schicksal den Tod vorgezogen hatte. Bei dieser Vorstellung verweilte er und mit ihr schlief er ein, als sich durch die unvollkommen verschlossenen Vorhänge das erste Licht der Morgendämmerung hereinstahl.

II.

Das Geräusch, das jemand verursachte, indem er die Tür hastig öffnete und ohne Vorsicht eintrat, weckte Rudolf. Er fuhr auf und rieb sich die Augen. An der Tür stand die Pförtnerin. »Verzeihung – «

»Ah! Es ist wohl schon spät –«

»Zehn Uhr,« sagte die Frau und ließ erstaunt den Blick durch die genügend helle Stube wandern, in der die Kleider ihres Mieters zum Trocknen ausgebreitet umherlagen. Das Bett war leer, Jack ausgegangen.

»Teufel,« rief Rudolf. »Ich will schnell aufstehen.«

Die Frau machte keine Miene, sich zu entfernen.

»Wünschen Sie etwas, Madame Jeanne?«

»Das heißt – ich wollte sehen – Sie haben nicht wegen der Schokolade geklingelt und mein Mann hat Ihre Schuhe nicht vor der Tür gefunden. Und wir haben Sie doch heimkommen hören. Da habe ich bei Ihnen geklopft, aber keine Antwort bekommen. Das hat mich befremdet. Ich bin bei Ihnen eingetreten und da war – eine Dame –«

Sein Herz tat einige schnellere Schläge. Blitzgleich kam es ihm zum Bewußtsein, daß er erwartet, gefürchtet hatte, die Pförtnerin werde sagen: »und fand die Stube leer,« und daß er froh war, etwas anderes zu hören.

»Ja. Eine Bekannte. Wir sind uns zufällig im Theater begegnet. Sie wohnt draußen, auf dem Lande. Der letzte Zug war abgegangen. Da habe ich ihr Gastfreundschaft angeboten.«

Er erfand die Einzelheiten in dem Maße, wie er sie in erkünstelt gleichgültigem Tone zum besten gab; geläufig genug, um kaum zu stocken.

»Das ist nicht meine Sache,« erwiderte die Pförtnerin trocken. »Ich wollte nur sehen, ob Sie nicht etwa unwohl waren. Soll ich nicht Ihre Kleider zum Reinigen mitnehmen? Sie sind ja ganz naß! Hat es denn in der Nacht geregnet?«

Er blieb die Antwort schuldig. So viel sah er, daß sie von seiner Geschichte kein Wort glaubte. Um so schlimmer! Man war ja im Lateinischen Viertel.

»Wir wollen sie zuerst trocknen lassen. Ich ziehe andere Sachen an. Und nun bitte ich um meine Schokolade.«

»Auch für – die Dame?«

»Ich will sie zuerst fragen, was sie nimmt.«

Die Pförtnerin ging.

Er erhob sich rasch, fuhr sich nur mit dem benetzten Zipfel eines Handtuchs seines Freundes Jack über das glatte Gesicht, zwirbelte die Spitzen seines dunkelblonden Schnurrbärtchens ein wenig auf und trat in seine Stube.

Die Unbekannte lag noch im Bette. Sie lächelte ihm zu und streckte ihm mit einer anmutigen Bewegung des Kopfes die Hand entgegen. Sie zeigte keine Spur von Befangenheit und sah auch nicht niedergeschlagen aus. Sie schien sich wie zu Hause zu fühlen und über ihre Lage nicht im mindesten zu wundern. Sie blickte ihm voll ins Gesicht, aber er fand ihre großen, glänzenden braunen Augen nicht dreist und herausfordernd, sondern sanft, rührend zutraulich, leise bittend. Sie war mit ihrem reichen Rabenhaar, dem edeln Eirund ihres Gesichtchens, den auffallend starken schwarzen Brauen, dem feinen geraden Näschen, dem kleinen, etwas starklippigen Mund entschieden sehr verführerisch, viel hübscher, als er in der Nacht bemerkt hatte, und offenbar in der Blüte ihrer frischen Jugend.

Er nahm ihre kleine weiche Hand – es war keine Arbeitshand! – und behielt sie in der seinigen.

»Fühlen Sie sich wohl, – wie darf ich Sie nennen – Fräulein, nicht wahr?«

»Nennen Sie mich Catherine. Danke. Ganz wohl.«

»Haben Sie etwas geschlafen?«

»Vortrefflich. Ohne einmal zu erwachen. Erst Ihre Pförtnerin hat mich geweckt. Die gute Frau machte ein so verblüfftes Gesicht, als sie meiner ansichtig wurde! Sie scheinen nicht oft Damenbesuch zu empfangen.«

»Diese Unbefangenheit –« dachte er, aber sie ließ ihn zu längeren Betrachtungen keine Zeit.

»Haben Sie – keine – Freundin?«

»Aber – Fräulein-«

»Sie finden mich sehr indiskret?«

»Kann das Sie in diesem Augenblick wirklich interessieren?«

»Sehr.«

»Nun denn – nein; ich habe keine Freundin.«

Sie führte mit einer plötzlichen Bewegung seine Hand an ihre Lippen und drückte einen heißen Kuß darauf. Er zog sie rasch zurück.

»Und – Sie?«

»Was?«

»Haben Sie einen Freund?«

Sie setzte sich mit einem Ruck gerade, in ihren Augen blitzte eine Flamme auf und sie stieß heftig hervor: »Nein.«

Ihm wurde schwül. Im Widerstreit der Gefühle flüchtete er sich, wie natürlich, auf Gemeinplätze.

»Sie müssen hungrig sein?«

»Ja« sagte sie einfach.

»Was nehmen Sie? Schokolade oder Kaffee?«

»Schokolade, wenn es Ihnen gleich ist.«

Er trat rasch zum Kamin und schellte. Beide schwiegen, bis die Pförtnerin erschien. Inzwischen hatte er vom Tisch die ausgebreitete Wäsche weggeräumt, die sich kaum mehr feucht anfühlte.

»Schokolade, bitte,« sagte er der Pförtnerin, die an der Tür stehen blieb und mißvergnügt in die Stube blickte.

»Zwei?«

»Zwei, Madame Jeanne. Hierher, ja?«

Wieder schwieg er und ordnete weiter die Sachen des jungen Mädchens, bis die Pförtnerin den Tisch gedeckt, das Frühstück aufgetragen und sich zurückgezogen hatte.

»Wenn Sie aufstehen wollen, so gehe ich wieder einen Augenblick hinaus.«

»Darf ich im Bette frühstücken? Das ist zwar unartig, aber so bequem ....«

Er reichte ihr alles ins Bett und setzte sich selbst an den Tisch.

»Wie gut Sie sind!« murmelte sie und begann jetzt mit einem Behagen zu frühstücken, das sie nicht zu verheimlichen suchte.

Sie empfand anscheinend kein Mitteilungsbedürfnis. Er mußte also fragen, wenn er die Dunkelheiten der Lage aufklären wollte.

»Fühlen Sie sich genug erholt, um aufzustehen?«

»Aber gewiß!«

»Sehr wohl. Ihre Sachen sind trocken, bis auf die Schuhe und den Schlafrock. Wir hätten ihn auswringen sollen.«

»Um so schlimmer. Dann leihen Sie mir einstweilen Ihre Hausschuhe und einen Schal oder eine Morgenjacke.«

»So können Sie doch aber unmöglich über die Straße gehen?«

»Will ich auch nicht.«

»Ja – was gedenken Sie nun zunächst anzufangen?«

»Bin ich Ihnen sehr lästig? Wollen Sie mich sofort loswerden?«

»Das sage ich nicht,« erwiderte er in einem Tone, der eifriger klang, als er vielleicht beabsichtigte. »Aber Sie können doch nicht immer hier bleiben –«

»Warum nicht?«

Sie fragte das so natürlich, daß es ihm einen Augenblick die Rede verschlug.

»Aber – Fräulein –« stammelte er.

»Sagen Sie Catherine; wollen Sie?« bat sie mit einem halb schalkhaften, halb demütigen Blick.

»Ich verstehe nicht recht – Sie stehen doch wohl nicht ganz allein in der Welt – es muß doch jemand geben, der Ihretwegen in Sorge ist, der zur Polizei laufen wird, um zu erfahren, was aus Ihnen geworden ist –«

Sie hatte, während er sprach, wiederholt mit dem Kopfe kräftig »nein« geschüttelt. »Ich habe niemand. Ich schulde niemand Rechenschaft oder auch nur Auskunft über meinen Verbleib.«

Da er stumm blieb und zu Boden blickte, fuhr sie fort: »Ohne Sie läge ich jetzt wahrscheinlich in der Morgue, wenn ich nicht etwa zwischen Rouen und Havre schwämme. Auch darum hätte sich niemand gekümmert.«

»Arme Catherine! Sie werden wohl Ihre Gründe gehabt haben, weshalb Sie diese Nacht – den Unsinn machen wollten. Ich kann mir nicht recht denken, daß Sie es nur getan haben, weil Sie sich im Leben einsam fühlten –«

Sie schwieg hartnäckig.

»Sie haben scharfen Kummer gehabt – und solcher wird einem gesunden, jungen, schönen Mädchen nur von Menschen bereitet – die bloße Einsamkeit gibt nicht um zwei Uhr morgens den Entschluß ein –«

Sie war errötet, als er sie schön genannt hatte, und faßte wieder nach seiner Hand.

»Verweilen Sie nicht dabei, ich bitte Sie darum. Sie wollen mir doch gewiß nicht weh tun.«

»Nein, gewiß nicht. Ich habe übrigens kein Recht, Sie zum Preisgeben Ihrer Geheimnisse zu zwingen. Aber ich möchte wissen, was Sie nun vorhaben. Es ist nicht weit von Mittag, nachmittag muß ich unbedingt ausgehen und bis zum Abend müssen wir uns für etwas entschieden haben, denn ich kann nicht wieder die Gastfreundschaft meines Freundes in Anspruch nehmen.«

Ohne es zu merken, hatte er die Stimme ein wenig erhoben und seine letzten Worte klangen beinahe barsch. Über das Gesicht des Mädchens zuckte es, ihre Augen verschleierten sich mit hervorquillenden Tränen und sie sagte leise: »Seien Sie nicht böse. Zanken Sie mich nicht aus. Sie können mir die Tür weisen, aber bitte, tun Sie es mit Güte. Den Weg zur Seine kenne ich ja. Davon haben Sie sich überzeugt.«

Der Ton ihrer Worte ging ihm zu Herzen. Er streichelte ihr begütigend die feuchten Augen und die heißen Wangen. Sie schien nur auf diese erste zärtliche Annäherung gewartet zu haben, die er seiner bisherigen Zurückhaltung abrang. Ihre Arme flogen um seinen Hals, ihre Lippen brannten auf den seinen und ihm war, als trinke sie seinen Atem und sein Leben in großen, wilden Zügen auf–

Als er aus dem Rausche wieder zur Besinnung erwachte, blitzte ihm der Gedanke durchs Bewußtsein: »Ein Würfel ist gefallen. Mein Schicksal hat sich gewendet.« Er war darüber nicht froh; dazu war er nicht leichtfertig genug. Es reute ihn, daß er sich hatte überrumpeln lassen. Er fühlte sich nicht mehr als Herrn der Lage, wie noch vor einer halben Stunde. Die Seine-Nixe war ihm nicht mehr fremd und gleichgültig. Ihm schien, als dürfe er sie nicht mehr einfach abschütteln.

Catherine ihrerseits erkannte mit der unfehlbaren Sicherheit des weiblichen Instinkts, daß sie von dem jungen Manne Besitz ergriffen hatte. Ohne einen Augenblick zu verlieren, ging sie daran, sich in seinem Leben häuslich einzurichten.

»Wie heißt du?« fragte sie, ihren Kopf an seine Brust legend und zu ihm aufblickend.

Er nannte ihr seinen Namen.

»Du bist wohl ein Deutscher?«

»Ja. Du liebst wahrscheinlich die Deutschen nicht?«

»Du bist du. Die anderen sind die anderen. Du studierst hier?«

»Ja.«

»Bist du schon lange hier?«

»Zehn Monate.«

»Du sprichst vorzüglich französisch. Fast ohne Akzent. Bleibst du lang in Paris?«

»Noch fünf oder sechs Wochen.«

Sie stieß einen leisen Schrei aus. »Fünf oder sechs Wochen! So bald!«

Er schwieg, während seine Hand verliebt in ihrem losen Rabenhaar wühlte.

»Und – was gedenkst du dann zu tun?«

»In die Heimat zurückzukehren.«

»Zur Braut? Zu einem blonden Gretchen?«

»Zu meiner Mutter und meinen Schwestern. Zu meiner Pflicht.«

»Ah!« Sie entfernte seine nervöse Hand sanft aus ihrem Haar und behielt sie in der ihrigen. Nach kurzem Sinnen sagte sie: »Ich darf nicht klagen und dich um nichts bitten. Du wirst tun, was du mußt. Ich will nicht an die Zukunft denken. Mit welchem Rechte täte ich es auch? Ich war dem Tode verfallen. Es hat dir beliebt, mir neues Leben zu schenken. Ich darf nicht klagen, wenn ich mich deines Geschenks nicht lang erfreue. Aber es mag kurz oder lang dauern, um eins flehe ich dich an: schenke mir zu dem Leben auch etwas Glück. Mich hungert und dürstet danach. Ich habe es so wenig gekannt!«

Er zog sie fest an sich und küßte sie. »Was magst du in deinem jungen Leben erfahren haben, daß du so sprichst – und so handelst –«

»Frage mich nicht,« sagte sie sanft. »Es liegt hinter mir. Es liegt am Grunde der Seine. Ich habe keine Vergangenheit. Ich will keine haben. Ich verlange keine Zukunft. Laß mir nur die Gegenwart. Diese Stunde. Diesen Tag.«

In seiner Seele ertönte leise der Sang aus Lohengrin: »Nie sollst du mich befragen ….« Ihm war märchenhaft zumute in diesem Abenteuer von Tod und Liebe und Geheimnis. Allein in der wagnerisch orchestrierten Musik mittelalterlicher Romantik, die von seiner heißblütigen Jugend sehr modernisiert wurde, verzichtete der ehrbar erzogene, über den Augenblick hinauszudenken gewohnte Philister, der im Hintergrund seiner dichterisch gestimmten Seele bedächtig waltete, nicht ganz auf das Wort.

»Diese Stunde – diesen Tag – das sagt man wohl. Aber auf diesen Tag folgt ein anderer Tag und dann wieder ein anderer, man gewöhnt sich leicht an Glück und Wonne, und die plötzliche Ernüchterung nach dem Rausch muß furchtbar hart sein.«

»Vielleicht. Um so schlimmer.«

»Ich verstehe nicht, daß du dich mit dieser Aussicht so leicht abfindest.«

»Ich verschließe die Augen vor ihr.«

»Was soll ich nun mit dir anfangen?«

»Mich lieben.«

»Gewiß; das ist kein Opfer; aber wenn ich nach Deutschland zurückkehre –«

»Mach dir darum keine Sorgen, Geliebter. Ich verdanke dir mein Leben. Ich bin dein Eigentum, deine Sache. Du schaltest mit mir nach deinem Belieben. Du behältst mich so lange, wie du Freude an mir findest; du wirfst mich weg, wenn du von mir genug hast. Ich werde dir die Hand küssen und keinen Klagelaut hören lassen.«

Er versank in ein Nachsinnen, das von dumpfen Unlustgefühlen nicht frei war. Sie fühlte Zögern und innere Widerstände bei ihm und fuhr einschmeichelnder, inniger, verführerischer fort: »Du bist doch kein deutscher Eiszapfen. Du bist tapfer, du bist gut und du weißt zu lieben – warum bist du unentschlossen? Warum öffnest du mir nicht die Arme? Bin ich so abstoßend? Oder bist du um deine Freiheit besorgt? Ach, sei ruhig. Ich bin keine Krampe – ich klammere mich weder, an einen Menschen noch an das Leben. Ich werde dir nie zur Last sein.«

Er schloß ihr überwunden den Mund mit einem langen Kusse. »Ich habe dich nur als holde Last empfunden, als ich dich in meinen Armen hierher trug.«

»Nicht einmal eine holde Last will ich dir sein. Ich weiß nicht, ob du reich bist – Verzeihe, wenn ich diesen heikeln Punkt berühre – Ich bin kein Kind – Ich kenne das Leben ein wenig – Ich werde dich nichts kosten –«

»Wirst du wohl schweigen!«

»Nein, Geliebter. Laß mich reden. Ich bin eine geschickte Modistin. Ich verdiene mir reichlich mein Leben, wenn ich nur etwas Lebensmut habe und die Arbeit und alles mich nicht anwidert.«

»Ich bin nicht reich. Ich bin auf den Wechsel von meiner Mutter angewiesen. Aber es langt auch für dich, wenn du nicht anspruchsvoll bist.«

»Anspruchsvoll! O, Schatz! Du weißt nicht, was eine kleine Pariserin ist, die von ganzem Herzen liebt....«

Auf gut Glück! rannten ihm die erregten Sinne in die Seele. Schließlich: warum auch nicht? Er hatte ein Herrenrecht auf dieses entzückende junge Mädchen, das er sich mit Einsetzung seines Lebens erobert – jetzt stellte sich ihm sein recht harmloser Sprung in die Seine schon als lebensgefährliches Wagnis dar. Er hatte in Paris bisher zu den Füßen der keuschen Wissenschaft gesessen; es war doch schön, daß er nun auch zum üppigen Lebensfest zugelassen werden sollte, aus ihrem Freudenkelch einen tiefen Zug tun durfte. Weshalb sollte er sich diese köstliche Erfahrung versagen? Er brauchte keine Gewissensbedenken zu haben, wenn er das schöne Mädchen nach einigen Wochen verließ – sie sprach ihn ja im voraus von jeder Pflicht und Reue los – sie wollte es ja nicht anders haben. Er nahm dann aus Paris außer einem geschriebenen auch ein erlebtes Gedicht mit, eine wunderholde Erinnerung, die sein ganzes Philisterium durchduften sollte wie das kleine Riechkissen mit Veilchenwurzel den großen Wäscheschrank, an dessen Grunde seine Mutter es zu bewahren pflegte. Freilich – im Hintergrunde seines Bewußtseins dämmerten schattenhaft Bilder auf vom Hörselberg und von Venus, der süßen Teufelinne, und von dem jungen Sänger, der in ihrem Lotterschoße siech wird und um der Seelen Seligkeit kommt – aber wie konnten derartige halbdurchsichtige Nebelformen seine Aufmerksamkeit fesseln, die von dem vor seinen Augen, in seinen Armen blühenden jungen Leben beherrscht wurde?

»Du willst niemand ein Wort schreiben oder sagen lassen?«

»Niemand.«

»Aber du hast doch wohl irgendwo – Sachen – die dir gehören – die du holen mußt –«

»Ich werde sie holen.«

»Im Schlafrock?«

»Nein, Geliebter. Sorge dich nicht darum.«

»Soll ich es nicht –«

»Nein,« fiel sie ihm ins Wort; »mische dich in nichts.«

»Wo wohnst du eigentlich?«

»Bei dir, Schatz.«

Sie sagte das mit so drolliger Selbstverständlichkeit, daß er lachen mußte. »Ja wohl, aber ich meine – bisher?«

Er mußte lange auf die Antwort warten. Endlich erwiderte sie leise, ohne ihn anzusehen: »Erlasse mir, es dir zu sagen. Gib mir diesen ersten Beweis deiner Liebe.«

»Aber warum –«

»Verstehst du meine Empfindung nicht? Wenn du meine Wohnung weißt, wirst du dich erkundigen wollen – du sollst nicht. Ich habe dir schon gesagt – meine Vergangenheit ist begraben. Du sollst sie nicht aufdecken. Es ist nicht der Mühe wert. Für die paar Wochen, die ich dir gehören darf. Nimm mich, wie ich bin. Verlange nichts zu wissen. Es würde nur dir und mir Schmerz bereiten. Bist du erst wieder in Deutschland, vergißt du mich ja doch – also wozu?«

»Sonderbares Wesen!« murmelte er. »Kannst du mir wenigstens sagen, wie du heißt?«

Sie zögerte ein wenig. »Catherine Lefueur,« sagte sie dann.

»Ist das auch wirklich dein Name?«

Eine jähe Röte schoß ihr in die Wangen. »Ich lüge nie. Was ich nicht sagen will, das sage ich nicht.«

»Verzeihe. Nur eins noch. Bist du – deinen Eltern entlaufen?«

»Nein.«

»So! Du hast also nicht in deiner Familie gelebt. Aber sicher auch nicht allein?«

»Siehst du, Geliebter, nun fragst du doch. Und ich habe dich doch gebeten –«

»Gut, gut, wie du willst.«

Es war etwas wie ein leiser Unterton von Schmollen aus seiner Stimme herauszuhören und über sein Gesicht huschte ein Schatten von Unzufriedenheit. Es entging ihr nicht. Sie zog ihn an sich und sagte unter Liebkosungen: »Nun bist du mir böse. Ist es denn mein Verhängnis, daß ich kein ungetrübtes Glück gewähren kann? Ich möchte, daß du an mir nur Freude hast, nichts als Freude.«

»Und beginnst damit, daß du mir dein Vertrauen verweigerst und dich in Geheimnis hüllst –«

»Nicht aus Mangel an Vertrauen; um deiner Ruhe willen.«

Da er sich ihren Armen entwand, ließ sie ihn los, stieß einen tiefen Seufzer aus und sagte: »Ich entgehe meinem Stern nicht. Du hast vielleicht recht. Jage mich weg. Es war ein Traum.«

Statt aller Antwort küßte er sie lang und heiß. »So sei es denn. Ziehen wir den Vorhang der Zukunft zu. Leben wir frohgemut in den Tag hinein. Ich habe das bisher nie gekannt. Versuchen wir es.«

»Danke, Schatz, danke,« jubelte sie auf. »Du weißt nicht, wie leicht das ist; und wie angenehm. Sicher hat man ja doch nur den Tag; nicht einmal die Stunde; die Minute. Sich um das weitere den Kopf zu zerbrechen ist unnütz und töricht.«

Inzwischen war es mittag geworden. Die wonnige Erregung, die seit zwei Stunden seine Sinne wie eine leichte Trunkenheit befangen hielt, hatte seine Wahrnehmungsfähigkeit für das wirkliche einigermaßen abgestumpft. Jetzt erzwang sich aber die nüchterne Prosa der Alltagsumstände doch den Einlaß in seine schwärmerisch gesteigerte Stimmung. Er war noch nicht gewaschen und angekleidet; Catherine auch nicht. Es mußte für das Mittagessen gesorgt werden. Gewöhnlich nahm er es mit seinem Freunde Jack in einer Studentenpension. Heute sollte er vergebens auf ihn warten. Er mußte bei der Pförtnerin etwas für Catherine bestellen, da sie doch nicht ausgehen konnte. Was Madame Jeanne wohl dazu sagen würde? Die Fabel von der zufälligen Begegnung im Theater, dem versäumten Zug u. s. w. war nicht mehr aufrechtzuhalten. Er schämte sich, daß er ihr ausdrücklich oder stillschweigend bekennen sollte, eine Unwahrheit gesagt zu haben. Und was dann noch kommen würde – wenn Catherine ihre Sachen irgendwoher brachte und in aller Form zu ihm zog, und wenn sein Freund Jack sie in dem neuen Verhältnis fand – unangenehm; recht unangenehm. Das Leben hat doch gar kein Stilgefühl, gar keine Achtung vor der Lokalfarbe! Wenn einem ein Märchen aufblüht, so soll es sich billig nach Märchengesetzen entwickeln. War ihm eine Nixe zugeschwommen, hatte sie ihn mit ihren weißen Armen umklammert und wollte nicht mehr in ihre unbekannte Grotte zu ihrem unbekannten Wasservolk zurückkehren, so sollten nun auch andere Nixen oder Elfen, Kobolde oder Wichtelmännchen seine Gasthofstube in einen Feenpalast umwandeln und ihm auf sein Händeklatschen zu Diensten stehen, daß er nur zu wünschen, zu befehlen brauchte, um alles zu haben, und daß ihm die Berührung mit der Menschenwelt erspart blieb –

Es war aber in Begleitung seiner Nixe kein einziger dienstbarer Geist erschienen und er mußte selbst der Pförtnerin klingeln und sie, ohne sich bei ihrer verdrossenen Miene aufzuhalten, fragen, ob sie ihnen nicht einen Eierkuchen, ein Hammelrippchen mit Kartoffeln, ein Stückchen Käse, ein Flasche Wein – »und schwarzen Kaffee«, fügte Catherine vom Bette her unbefangen hinzu – besorgen wolle, und nach dem Essen würde er mit Madame Jeanne ein Abkommen zu treffen haben und spätestens am Abend kam das Gespräch mit Jack –

Daran dachte er mit besonderm Unbehagen. Denn Jacks Urteil war ihm nicht gleichgültig und er war nicht im Zweifel, wie es ausfallen würde.

Jack MacIntyre war ein Schotte von der eigentümlich ernsten, strengen Anschauungsweise der Besten seines Volkes. Er war der Sohn eines sehr wohlhabenden Sollicitors in Glasgow und seinem Vater zusammen mit seinem Bruder in seinem Berufe gefolgt. Er hatte zu diesem keine innere Neigung, erfüllte ihn aber gewissenhaft und sicherte sich dadurch geschäftlichen Erfolg, der den ererbten Wohlstand zu Reichtum mehrte. Sein eigentlicher Hang war auf die Naturwissenschaften gerichtet und während er seinen Rechtsgeschäften oblag, erwarb er sich zuerst als Schmetterlingssammler, dann als wissenschaftlicher Systematiker in der Lepidopterologie Kenntnisse, die erheblich über die eines bloßen Liebhabers hinausgingen. Später wandte er sich auch der Anthropologie zu und wurde einer der Gründer der anthropologischen Gesellschaft für Schottland. Mit einer Verwandten sehr jung, kaum dreiundzwanzig Jahre alt, verheiratet, lebte er mit ihr in ungetrübtem, ruhigem Glück, bis sie ihm nach achtzehnjähriger Ehe durch die Schwindsucht entrissen wurde. Von drei Kindern, die sie ihm geschenkt hatte, war eins im zarten Alter gestorben. Als er Witwer wurde, blieb er mit einer siebzehnjährigen Tochter und einem sechzehnjährigen Sohne zurück. Er widmete sich ihnen in selbstvergessener Treue drei Jahre lang, bis das Mädchen mit einem Schiffsreeder glänzend verheiratet und der junge Mann als Lehrling bei seinem Oheim eingetreten war, mit dessen ältestem Sohne er später die alte Firma weiterführen sollte.

Nun hatte er als guter Familienvater sein Haus gewissenhaft bestellt und fühlte sich frei, ohne Pflicht gegen andere. Er vertrug sich mit seinem Bruder wegen seines Anteils an der Firma und ging endlich daran, seine alte Sehnsucht nach ausschließlicher Hingabe an die Naturwissenschaften zu befriedigen. Er begab sich zuerst nach Bonn, wo er zwei Semester lang Anatomie und Physiologie hörte. Trotz seines bescheidenen Auftretens war er an der Hochschule eine stark bemerkte Gestalt: wegen seines Alters, das den flaumbärtigen Kommilitonen greisenhaft schien, wegen seines Rufes auf einem, wenn auch engen, wissenschaftlichen Sondergebiete, wegen seiner Wohlhabenheit, die ihm gestattete, die ihm von den Professoren und den vornehmsten Korps erwiesene Gastfreundschaft in ersten Gasthöfen häufig und stattlich zu erwidern, und wegen seiner Tüchtigkeit in mehreren Sports, namentlich im Kricket und im Rudern, in denen er sich den schneidigsten jungen Nacheiferern spielend überlegen zeigte.

Mit Rudolf Korte war er in dessen Verbindung bekannt geworden, in der er am frühesten hospitierte. Aus den flüchtigeren Beziehungen der Kneipe und Paukbude wurde ein inniger Anschluß, als er sich von seinem jungen Freunde in dessen Familie hatte einführen lassen. Die Frau Geheimrat behandelte ihn mit einer Zuvorkommenheit, die erraten ließ, daß ihre mütterliche Fürsorge in einem Altersunterschiede von fast vierundzwanzig Jahren zwischen dem stattlichen, reichen Schotten und ihrer ältesten kein Hindernis sah, gewisse Hoffnungen zu nähren und auf ihre Verwirklichung diskret, doch zielbewußt hinzuarbeiten. Auch Fräulein Adele Korte schienen Vorstellungen, in denen sie sich mit der Mutter begegnete, nicht zu mißfallen. Ohne im geringsten aus ihrer mädchenhaften Zurückhaltung herauszutreten, zeigte sie dem Freunde des Bruders Zuneigung und Vertrauen. Im Korteschen Hause umgab ihn eine Wärme, die ihm sehr behaglich war; aber er blieb gegen Adele immer väterlich. Der alternde Mann versagte sich das Recht, ein so junges Geschöpf in sein Leben aufzunehmen. Aber seine Charakterfestigkeit war in dem Maße, wie die Monde dahingingen, immer stärkeren Prüfungen ausgesetzt und sie hätte dem Zauber einer stillen, keuschen Mädchenneigung vielleicht nicht lange mehr widerstanden, wenn Rudolf nicht am Ende des Schuljahrs beschlossen hätte, auf zwei Semester nach Paris zu gehen.

Mr. MacIntyre erklärte sofort, dasselbe zu tun. Ihm, der keinem Brotstudium oblag, war es gleich, wo er arbeitete, und der Umgang mit dem hochbegabten, ideal gerichteten Jüngling ihm ein Herzensbedürfnis geworden. Eine gewisse Wesensverwandtheit zog sie zueinander hin. Jack war Freidenker von äußerstem Radikalismus und las allabendlich vor dem Einschlafen in der Bibel, wie er es seit der frühesten Kindheit gewohnt war. Rudolf lebte in mittelalterlichen Stimmungen und war gleichzeitig von kühnstem Modernismus durchdrungen. Jack verband ein großes Maß praktischer Klugheit, die durch umfassende Lebenserfahrung reich entwickelt war, mit einer eigentümlichen Zartheit der Empfindung, edelm, selbstlosem Erkenntnisdrang und einer tiefen Andacht für alles große und schöne, die ihm den Glauben ersetzte. Rudolf zeigte ein interessantes Gemisch von schwärmerischer Romantik und wohl ausgebildetem Sinn für die Forderungen der Wirklichkeit, der allerdings bisher bloß auf die Rüstung zu seinem Daseinskampfe gerichtet war. Sie waren mitunter beide heiter erstaunt, wie leicht sie sich an einem Treffpunkt begegneten, wenn sie in ihren Betrachtungen von ganz verschiedenen Voraussetzungen und Grundsätzen ausgingen.

Die Frau Geheimrat war recht enttäuscht, als Mr. MacIntyre seinen Entschluß ankündigte, Bonn zu verlassen, ohne auch nur hinzuzufügen, daß es bloß auf ein Jahr sei. Aber ihre Würde verbot ihr jede Anspielung, die eine Aufdringlichkeit gewesen wäre. Sie beschränkte sich darauf, ihm zu sagen, daß sie ihn ungern entbehre, daß ihr aber die Vorstellung angenehm sei, ihren einzigen Sohn in dem großen, verführerischen Paris gleichsam unter der Obhut eines zuverlässigen und erfahrenen Freundes zu wissen.

So war Mr. MacIntyre Rudolf gewissermaßen als Schutzgeist an die Seite gestellt. Er verkörperte für ihn die öffentliche Meinung des heimischen Kreises, sein gesellschaftliches Gewissen. Aus seinen mutigen blauen Augen blickten Mutter und Schwestern auf ihn. Bisher hatte er sie nicht gescheut. Für kleine Seitensprünge eines temperamentvollen Jünglings hatte Jack eine Nachsicht, die mit einer gewissen Geringschätzung gemischt war. Denn obschon er für seine Person Anhänger einer strengen Sittlichkeit war und vom Manne dieselbe Reinheit forderte wie von der Frau, nahm er doch in seinem Stammesstolze an, daß nur ein Schotte solche Selbstzucht üben könne, für einen Festländer jedoch, und wäre er auch sonst von vornehmer Gesinnung, dieses Ideal zu hoch sei. Ein richtiges Pariser Verhältnis dagegen würde sicher seine harte Mißbilligung erfahren. Diese Gewißheit war Rudolf sehr unbehaglich. Er sah aber keine Möglichkeit mehr, ihr zu entrinnen.

III.

»Du mußt nachmittags ausgehen, hast du mir gesagt?«

»Ja, nach dem College de France und nach der Sorbonne.«

»Sehr wohl, Schatz; wenn du mir zwei Stunden läßt, bringe ich alles in Ordnung. Du findest mich wieder hier und dann weiche ich nicht mehr von deiner Seite, so lange du mich nicht wegstößt.«

Er nickte schweigend.

»Aber – du gehst wirklich weg?«

Er blickte sie verwundert an: »Warum zweifelst du?«

Sie zögerte ein wenig. »Ich meine – du beobachtest mich nicht aus einem Hinterhalt – du suchst mir nicht zu folgen –«

»Wofür hältst du mich?« rief er unwillig.

»Verzeihe – ich wollte dich nicht verletzen – du bist ein Menschenkind – neugierig sind wir ja alle –«

»Ein Deutscher hält, was er verspricht.«

»Ihr seid wirklich außergewöhnliche Menschen. Danke, Schatz.«

Er nahm sie in seine Arme, blickte ihr lange in die dunkeln Augen, küßte sie und entwand sich ihr mit sanfter Gewalt, denn sie ließ ihn nicht gleich los. Sie sah zu, wie er seine Ledermappe nahm, einige Bücher und Papiere hineinschob und nach seinem Hut griff. Erst als er schon an der Tür war, sagte sie leise und tief errötend: »Noch eins, Schatz – ich schäme mich so – aber du begreifst – ich habe nichts mitgenommen –«

»Du brauchst etwas Geld?«

»Ein paar Sous – Ich glaubte ja nicht, daß ich noch etwas nötig haben würde – ich gebe sie dir auch gleich wieder, wenn du nach Hause kommst –«

»Närrchen. Genügt das?« Er reichte ihr ein Fünffrankenstück. Sie sagte nichts, sondern küßte ihm die Hand und den Mund und murmelte: »So. Nun gehe, Schatz, gehe ...«

Von den beiden Vorlesungen dieses Nachmittags nahm Rudolf nicht viel mit heim. Sein Geist war nur damit beschäftigt, sich der letzten Stunden zu erinnern und sich die nächsten auszumalen. Mehr als einmal erwachte er plötzlich wie aus einem Traum zu den Worten des Professors, wurde sich seiner Gedankenflucht bewußt und fragte sich: »Was mache ich hier? Warum gehe ich nicht heim, zu ihr?« Aber der kleine Saal war sehr schwach bevölkert, jeder einzelne Hörer stand voll unter dem Blicke des Professors und Rudolf scheute sich, die Empfindlichkeit des verehrten Meisters durch unziemliches Wegschleichen mitten im Vortrag zu kränken. Sobald er es indes mit Anstand tun konnte, eilte er weg, ohne an der anregenden zwanglosen Unterhaltung teilzunehmen, die wie immer dem förmlichen Vortrag folgte.

Als er in seinem Gasthof die Treppe hinaufhastete, öffnete die Tür der Pförtnerstube sich rasch und der Pförtner – diesmal nicht Madame Jeanne, sondern Monsieur Victorien in Person – rief ihm nach: »Monsieur Korté! Monsieur Korté!«

Rudolf blieb stehen: »Was gibt es, Monsieur Victorien?«

Der Pförtner trat zu ihm, lüftete das würdige Samtkäppchen zum Gruße und sagte mit Richterernst: »Verzeihen Sie, daß ich Sie aufhalte, Monsieur Korté; darf ich Sie bitten, einen Augenblick bei mir einzutreten?«

Rudolf folgte dem Manne mit dem achtunggebietenden Backenbart etwas begossen. Er hatte kein gutes Gewissen. Er suchte sich indes Haltung zu geben.

Monsieur Victorien bedeutete Madame Jeanne mit einem Blick, hinauszugehen, und als sie allein waren, hob er feierlich an: »Herr Korté, es tut mir leid, daß ich einen heikeln Gegenstand berühren muß. Die Dame – von heute Nacht – ist in einem sonderbaren Aufzug, in einem Schlafrock und ohne Hut, weggefahren – in einer Droschke, die wir ihr besorgen mußten – schon das war recht unangenehm – der Kutscher hat Augen gemacht – und die Vorübergehenden – die Nachbarschaft wird klatschen – Sie begreifen, Herr Korté –«

»Ich begreife, Monsieur Victorien.«

Die Ruhe und der hochmütige Ton seines jungen Mieters ärgerten den Pförtner sichtlich.

»Nun ja. Und dann ist sie mit ihrem Koffer und ihren sieben Sachen wiedergekommen und hat sich bei Ihnen eingerichtet, obschon wir ihr vorgestellt haben, daß wir in Abwesenheit des Mieters keine Fremde in sein Zimmer einlassen können. Sie hat uns aber nur ins Gesicht gelacht, die – Dame.«

»Ich hoffe, sie hat es an der gebührenden Höflichkeit nicht fehlen lassen. Jetzt ist ja übrigens alles gut.«

»Verzeihen Sie, Herr Korté – hat die – Dame etwa die Absicht, hier zu bleiben?«

»Es scheint.«

»In diesem Falle, mein Herr, tut es mir leid, Ihnen sagen zu müssen, daß dies nicht möglich ist. Unser Haus ist dafür bekannt, daß es gut gehalten wird. Wir können bei uns keine Unordnung dulden.«

Rudolfs Antlitz überzog langsam dunkle Röte. Die Unterredung nahm eine sehr unangenehme Wendung. Seine erste Bewegung war, dem unverschämten Hausknecht, der ihm mitten im Heidentum des Lateinischen Viertels eine Komödie von ehrbarer Zucht vorgaukeln wollte, sehr schroff zu antworten. Er sagte sich indes rasch, daß es klüger war, einen Zusammenstoß zu vermeiden.

»Hier herrscht offenbar ein Mißverständnis,« bemerkte er scheinbar leichtblütig; »die Dame ist eine alte Freundin, sie steht allein, sie will sich in meinen Schutz begeben. Sie soll ja nicht etwa das Zimmer mit mir teilen – sie möchte nur hier im Hause eine Stube mieten, um in meiner Nähe zu bleiben.«

»Ich bedauere, Herr Korté; das geht nicht.«

»Wie? Ist keine einzige Stube frei?«

»Wir vermieten nicht an einzelne junge Damen.«

Das war so fest und unliebenswürdig gesagt, daß Rudolf ohne ein Wort die Pförtnerwohnung verließ und auf seine Stube ging.

»Endlich!« rief Catherine, als er die Tür öffnete, und flog ihm entgegen. Nach einer stürmischen Umarmung zog er sie ans Fenster, hielt sie auf Armeslänge von sich und betrachtete sie lange, innig, mit augenscheinlich wachsendem Entzücken. Sie hielt lächelnd und errötend still. Ihr Trieb sagte ihr, daß sie bei dieser schweigenden Prüfung, die zu einer trunkenen Versenkung in ihre Reize wurde, nur gewinnen konnte.

Sie hatte sich schön gemacht. Ihr zierliches Persönchen steckte in einem hellen Sommerkleid mit Spitzenkragen um Brust und Schultern. Das Rabenhaar, zu einem Zopf geflochten, war auf dem Scheitel wie zu einem dunkeln Krönlein zusammengerollt und mit einem geperlten Kamm aus Schildplattnachahmung gehalten. Um ihren Hals glänzte ein dünnes Goldkettchen und eine *art nouveau*-Brosche, am linken Arm trug sie ein Kettenarmband. Sie hatte ihren ganzen armen Grisettenschmuck angelegt. Auf dem Tische lag ihr Hut, ein großer flacher Strohdeckel mit Flitteraufputz, Seidenflorbausch und künstlichen Vergißmeinnichtsträußchen, zwischen einem braunlakierten Körbchen und einer hohen weißen Pappschachtel. Auf dem Kanapee stand ihr Kofferchen, ein kleines, dürftiges Kofferchen, das bestenfalls nur einige Lappen enthalten konnte.

Wie um einer Frage zuvorzukommen, sagte sie: »Da bin ich, Schatz; mit meiner ganzen Habe. Du siehst, wir nehmen dir nicht viel Platz weg.«

»In der Tat. Aber –« er zögerte ein wenig – »man gönnt dir nicht mal dieses bischen Platz.«

»Wieso?«

»Der Engel mit dem feurigen Schwert aus der Pförtnerstube will dich nicht in diesem Paradiese dulden.«

»Um so besser,« erwiderte sie lebhaft, »um so besser. Er machte schon solch ein Gesicht, als ich ging und kam – es ist mir viel lieber, mit dieser Kratzbürste nicht in Berührung zu kommen.«

»Es bleibt also leider nichts übrig, als eine Wohnung zu suchen – noch heute – denn ich möchte von dem Menschen keine neuen Bemerkungen zu hören bekommen –«

»Warum leider? Mir ist es ganz recht. Mir graut vor dieser Straße, diesem Viertel. Weg, weg, so weit weg, wie es deine Bequemlichkeit irgend erlaubt. Ich werde erst wieder froh sein, wenn ich diese Ge-

gend nicht mehr vor mir sehe. Komm, Schatz. Laß uns keine Zeit verlieren. Ich will dir einpacken helfen.«

»Mir? Einpacken? Du willst, daß ich –«

Ihre Wangen verfärbten sich, sie blickte ihn mit weitgeöffneten starren Augen an, ihre Stimme zitterte, als sie langsam sagte: »Bin ich dir so schnell leid geworden? Ist der Traum zu Ende, ehe er begonnen hat?«

»Ich habe diese Schwierigkeit nicht vorhergesehen –«

»Welche Schwierigkeit?«

»Ich kann doch nicht Knall und Fall ausziehen –«

»Warum nicht?«

»Ich wohne auf vierzehntägige Kündigung.«

»Dann kündige sofort und laß uns gehen.«

»Die Miete läuft aber bis Ende des Monats –«

»O, Rudolf – so jung – so schön – so stolz – und so kleinlich? Ist die deutsche Seele so?«

Er schämte sich. Es war wirklich eine philiströse Regung, auf eine lieblich sonnige Idylle den Schatten einer Sorge um dreißig Franken fallen zu lassen.

»Erlaube –« stotterte er, »du mißverstehst mich – wenn ich ausziehe – so muß ich es doch nach Hause melden – man wird nicht begreifen, daß ich wegen der paar Wochen –«

»Ta – ta – ta –« sagte sie schalkhaft lächelnd, setzte sich ihm auf den Schoß und küßte ihn zärtlich. »Du bist ja die reine Konfirmandin. Deiner Schüchternheit muß ich furchtbar verwegen scheinen. Daß du nach einem Jahr noch so wenig Pariser geworden bist! Was hast du eigentlich alle die Zeit getan?«

Nichts Nennenswertes – sie hatte vielleicht recht – staubige Bücher wälzen, das hätte er schließlich auch in einer deutschen Bücherei können. Den Pariser Rhythmus des Lebens spürte er erst jetzt in den Nerven. Er gab sich ihm hin.

»Nun gut. Wir wollen Wohnung suchen.«

Sie stieß einen kleinen Freudenschrei aus, sprang von seinem Schoß auf ihre Füße und langte rasch nach ihrem Hute.

»Nur noch einen Augenblick, mein Kätzchen. Ich will sehen, ob mein Freund zu Haus ist. Ihn muß ich doch verständigen.«

»Tu, was du mußt, Schatz.«

Es waren nur einige Schritte bis zu Jacks Tür, aber die kurze Strecke schien Rudolf überaus schwer gangbar. Es war, als ginge von dieser Tür eine starke Abstoßungskraft aus. Er mußte eine ernste Anstrengung machen, um den Drang zu überwinden, eine der förderlichen entgegengesetzte Richtung einzuschlagen. Er schalt sich innerlich aus. Mußte er in diesem Augenblick der Probe entdecken, daß er, der freie, junge Mann, der Dichter, bereits genug in spießbürgerlicher Ehrbarkeit versauert war, um sich vor einem Manne, einem Freunde, eines lenzpoesieumwobenen fröhlichen Abenteuers zu schämen? Nicht gezögert! Vorwärts!

Auf Rudolfs Anklopfen antwortete ein dröhnendes »Herein«.

»Ah!« rief Jack seinem eintretenden Freund entgegen; »du bist ja nicht zum Frühstück gekommen? Hast wahrscheinlich mit deiner Geretteten Scherereien gehabt?«

Rudolf nickte leicht.

»Nun, wie ist denn die Sache ausgegangen?«

Rudolf zwang sich, in leichtem Tone zu antworten: »Ich muß mich sofort auf Wohnungssuche begeben. Ich ziehe noch heute aus.«

»Wa–as?«

»Der Pförtner will nicht an Catherine vermieten – sie heißt Catherine – und so bleibt mir nichts übrig ...«

»Mensch – du bist von Sinnen – du willst doch nicht –«

»Ich kann nicht anders. Höre mich doch ruhig an, ohne aufzubrausen. Wenn dir in der Nacht auf dem Heimweg ein verirrter, herrenloser Hund zulaufen würde, du hättest nicht das Herz, ihn wegzujagen, nachdem du ihn gestreichelt und er dir die Hand geleckt und dich umwedelt hätte. Und ich soll ein schönes, junges Menschenkind herzloser behandeln als einen Köter?«

Jack hörte mit hart geschlossenem Munde und finsterm Blick zu. »Ich verstehe dich nicht. Willst du sie heiraten?«

»Das ist nicht dein Ernst.«

»Also eine Boul'Mich'-Spatzenehe?«

»Auf sechs Wochen.«

»So. Und zu einer solchen Liederlichkeit willst du hinabsinken?«

Rudolf lachte gezwungen. »Laß doch das Predigen, Jack.«

»Wie kannst du nur so leichtsinnig sein? Hast du dir denn klar gemacht, worauf du dich einläßt? Man weiß, wie solche Geschichten anfangen, aber nie, wie sie aufhören.«

»Doch, doch. Ende Juli muß ich nach Hause. Der Schluß der Dichtung ist also gegeben.«

»Wirklich! Und du denkst, du wirst dich nach sechs Wochen der Lotterei freimachen können, wenn du es nach einer Bekanntschaft von einigen Stunden nicht mehr kannst? Du bist im Begriff, eine furchtbare Dummheit zu machen. Ich lasse es nicht zu.«

»Du kannst es nicht verhindern.«

»Aber ich kann es deiner Mutter schreiben.«

»Das wirst du nicht tun!« rief Rudolf erbleichend. »Dazu hast du kein Recht.«

»Man hat immer das Recht, einen Freund vor dem Ertrinken zu retten. Du hast gestern Nacht auch nicht nach deinem Recht gefragt, als du dir deine Freundin aus der Seine fischtest. Aber wer ist sie denn?«

»Ich weiß nicht.«

»Fabelhaft. Hast du sie nicht gefragt?«

»Doch. Aber sie zieht vor, über sich und ihre Vergangenheit zu schweigen.«

»Weshalb ist sie denn ins Wasser gesprungen?«

»Das will sie nicht sagen.«

»Und du willst mit einer unbekannten Abenteurerin zusammenziehen, wahrscheinlich mit einer gewöhnlichen Kundin von Bullier, und willst dir von ihr das Leben zerrütten lassen?«

Rudolf faßte Jack am Arm. »Komm. Sieh sie doch wenigstens, ehe du sie verurteilst.« Er zog ihn rasch mit sich fort und Jack setzte keinen Widerstand entgegen.

»Mein Freund MacIntyre, der mir diese Nacht Gastfreundschaft gewährt hat,« sagte Rudolf vorstellend, als er mit Jack in seine Stube trat.

Catherine erhob sich vom Kanapee und errötete tief. Das entging Jack nicht und machte einen guten Eindruck auf ihn. Eine gewöhnliche Bullier-Pflanze war sie doch wohl schwerlich ... Er verneigte sich leicht. Der ältliche Mann mit dem strengen Gesicht und den ernsten Augen schüchterte sie ein. Es überkam sie eine unbestimmte Furcht, daß hier ein gefährlicher Gegner vor ihr stehe. Sie zwang sich indes, ihm die Hand, wenn auch zögernd, entgegenzustrecken und, wenn auch etwas zaghaft, zu sagen: »Die Freunde unserer Freunde –«

»Bitte, sitzen Sie, Fräulein,« sagte Jack, ohne sein Auge von ihr zu wenden. Seine Aussprache hatte die Wirkung, Catherine die volle Sicherheit wiederzugeben. Ihrem Ohr einer schalkhaften Pariserin klang sein Französisch wie das eines Zirkusclowns und mit der bangen Scheu vor dem Richter war es vorbei. Sie fühlte sich ihm überlegen; wenigstens in einem Punkte. Überdies erriet sie hinter seiner Zurückhaltung und Fremdheit eine geheime Väterlichkeit, ein gewisses mürrisches Wohlwollen, die sie beruhigten.

Die Lage war eigentümlich heikel und setzte Jack in Verlegenheit. Er räusperte sich. »Sie – Sie haben – einige bewegte Stunden hinter sich, Fräulein.«

»Um so mehr freue ich mich, daß ich jetzt bei unserm Freund Ruhe und Glück finden werde,« erwiderte sie und zog die Hand Rudolfs, der an ihre Seite getreten war, zu den Lippen.

»Schlagfertig,« dachte Jack, der von seinem frühern Berufe her für gewandte Gegenrede besondere Schätzung hatte.

Rudolf beobachtete still. Er kam sich einigermaßen wie ein Hypereides vor, der Phryne vor den Archonten durch ihre Reize verteidigt. Es entging ihm nicht, daß der Schlich des schlauen attischen Rechtsanwalt noch immer zum Ziel führte.

»Vorher steht Ihnen aber noch das Ungemach eines Umzugs bevor,« meinte Jack.

Ein reizendes Lächeln öffnete leicht ihre kirschroten Lippen. »Das ist wirklich nicht der Rede wert, ein Garni gegen ein anderes zu vertauschen. Wir verlassen doch kein Stammschloß, um in die Verbannung zu ziehen.«

»Willst du uns suchen helfen?« fragte Rudolf heiter.

»Ach was – ich würde nur stören,« erwiderte Jack stirnrunzelnd.

»Ich bedaure nur,« bemerkte Catherine sanft, »daß ich zwei Freunde trenne.«

»Das ist eine gute Bewegung, Schatz. Wie wär's, Jack, wenn du mitkämst?«

»Unsinn,« brummte der Schotte.

»Warum Unsinn? Es wäre so schön, wenn wir zusammenblieben. Schon wegen meiner Leute zu Hause. Wenn wir beide zugleich umziehen, wird man mich kaum nach dem Warum fragen.«

Jack zuckte schweigend die Achsel, reichte Catherine die Hand und wandte sich zur Tür.

»Sie werden mich hoffentlich nicht als Hindernis betrachten, Rudolf in der neuen Wohnung zu besuchen?« fragte Catherine einschmeichelnd.

»Nein,« erwiderte Jack kurz und ging.

Rudolf folgte ihm in den Gang hinaus. Er sagte nichts, aber sein Blick fragte gespannt: »Nun?«

»Ein niedliches Ding,« knurrte Jack, während er langsam nach seiner Wohnung hinschritt; »gewiß. Jung, hübsch, nicht dumm – sie hat alles, was nötig ist, um das Leben eines jungen Narren zu verwüsten.«

»Verwüsten! Schäme dich, du Sauertopf.«

»Verwüsten,« wiederholte Jack mit Nachdruck. »Laß dich warnen. Wenn du auf diesen Leim gehst, bleibst du kleben und suchst dich später umsonst loszumachen.«

Rudolf lächelte vor sich hin. Der Gedanke, daß Catherine eine Gefahr sein könne, schien ihn zu belustigen.

»Könntest du mir wirklich raten, daß ich das arme Kind mit einem Fußtritt von mir stoßen soll?«

»Es ist ein Kniff, um dich selbst zu betrügen, daß du diesen brutalen Ausdruck wählst. Du schuldest ihr nichts und sie schuldet dir ihr Leben.«

»Das ich ihr gegen ihren Willen aufgenötigt habe und wofür ich nun verantwortlich bin.«

»Da haben wir deine deutsche Sentimentalität. Du kommst dir jetzt sehr edel und gütig vor; es ist aber nur Charakterschwäche. Du hast nicht den sittlichen Mut, eine notwendige Härte zu üben. Wenn du wirklich gut sein willst, so bestehe darauf, ihre Geschichte zu erfahren. Sie soll dir sagen, was ihr Kummer ist oder war. Weigert sie sich, so zeigt sie hinreichend, daß du ihr nichts bist. Eine fremde Person, die mit dir Versteckens spielt, die ihr Leben vor dir verbirgt, kannst du getrost laufen lassen. Hat sie dagegen Vertrauen, nun, dann suche ihr zu helfen. Versöhne sie mit ihren Leuten, wenn sie mit ihnen entzweit ist. Unterstütze sie, wenn sie in der Not ist. Dabei will auch ich dir gern an die Hand gehen. Führe sie mit Rat und Hilfe auf den rechten Weg zurück. Aber bringe sie um alles in der Welt von hier weg und ziehe deinen Kopf aus der Schlinge.«

»Wie kann man so prosaisch sein!« rief Rudolf unwillig. »Seid ihr Schotten denn wirklich jedes Schwunges unfähig?«

»Natürlich. Du kommst dir sehr schwungvoll und sehr poetisch vor, gegen mich beklagenswerten flachen Philister. Mein armer Rudolf, was dir dichterischer Schwung scheint, das ist nur krasse Selbstsucht eines Sinnesmenschen. Du glaubst um das Wohl des jungen Mädchens besorgt zu sein und denkst in Wirklichkeit nur an dein eigenes Vergnügen.«

»Das ist falsch,« erwiderte Rudolf um so erregter, als er im Innersten von der unerbittlichen Zergliederung seines Freundes betroffen war.

»Nein. Das ist richtig. Aber ich will zugeben, daß es dir nicht klar ist. Ich sehe die Sache eben als sechsundvierzigjähriger Mann, als Schotte, als Familienvater an und du siehst sie als vierundzwanzigjähriger Bursche ohne Verantwortlichkeit und mit festländischen Denkgewohnheiten an. Ich kann nicht hoffen, dich jetzt zu überzeugen. Aber ich möchte, du hättest genug Freundschaft, um mir blind zu folgen. Das wäre dein und des Mädchens Heil.«

Catherine hatte inzwischen das deutliche Gefühl, daß die da draußen über ihr Los verhandelten. Als ihr die Erwartung zu langwierig wurde, konnte sie ihre Ungeduld nicht bemeistern, öffnete die Tür und steckte den Kopf in den Gang hinaus. Jack wurde ihrer ansichtig, drückte Rudolf die Hand und ließ ihn mit den Worten stehen: »Was ich denke, weißt du nun. Wenn du kannst, unterlasse die größte Dummheit deines Lebens, so lang es noch Zeit ist.«

Es war nicht mehr Zeit. Als Rudolf wieder in seiner Stube war, umarmte Catherine ihn stürmisch und blickte ihm forschend, bittend, angstvoll in die Augen. Er verstand die Frage und zog sie statt aller Antwort fest an seine Brust.

»Mein!« jauchzte sie auf.

»Dein,« erwiderte er leise.

Wenige Minuten später sah Jack sie aus seinem Fenster Arm in Arm die Seine entlang in der Richtung zum Pont Neuf dahinschreiten. »Dummkopf!« stieß er unwillkürlich halblaut hervor, aber dem harten Wort entsprach innerlich bekümmerte Teilnahme und das Gefühl, daß er es der Mutter und Schwester Rudolfs schuldete, ihn nicht ganz die schiefe Ebene hinabgleiten zu lassen, die in seiner Vorstellung sehr weit abfiel, bis in die gefährlichsten Sümpfe und Abgründe.

Wer war das Mädchen, das die Verwirrung in Rudolfs geordnetes Leben trug? Die Gewohnheiten seines frühern Berufes nahmen wieder von ihm Besitz. Als Sollicitor hatte er oft nicht umhin können, auch ein wenig Detektiv zu sein, um künstlich verdunkelte

Tatbestände aufzuklären. Er wollte auch in diesem Falle herausbekommen, was die Unbekannte verbergen zu wollen schien.

Es dauerte nicht allzu lange, da war das Pärchen wieder im Hotel und Rudolf kam zu seinem Freunde, um sich von ihm zu verabschieden und ihm die neue Adresse am Quai Conti mitzuteilen.

»Wie heißt deine Freundin eigentlich?« fragte Jack scheinbar gleichgültig, während er sich Rudolfs Wohnung aufschrieb.

»Catherine Lefueur,« antwortete Rudolf arglos.

Damit war ein Ausgangspunkt für Jacks Nachforschungen gegeben.

Sie ließen sich anfangs leicht und verheißungsvoll an. Monsieur Victorien, verletzt von der Schroffheit, mit der sein Mieter nach fast einjähriger ausgezeichneter Beziehung das Haus wegen einer liederlichen Person verlassen hatte, wünschte nichts Besseres, als sein gekränktes Gemüt vor dem Freunde des Ungetreuen, der ihm blieb, zu erleichtern. Jack brauchte kaum eine Frage an den Pförtner zu richten, um zu erfahren, daß er der jungen Person nachmittags eine Droschke besorgt hatte und zwar, wegen ihres anstößigen Aufzugs, eine geschlossene, die zu finden im Juni nicht eben bequem war. Er hatte bis zum Standplatz hinter dem Odéon um sie laufen müssen und sich auf Verlangen seiner Gattin ihre Nummer gemerkt. Die durchnäßten Kleider der beiden hatten die Neugierde der Madame Jeanne stark gereizt. Sie wollte wissen, was das bedeutete, und nahm sich vor, den Kutscher gelegentlich aufzusuchen, um ihn auszuforschen oder dies durch den befreundeten Polizeiinspektor besorgen zu lassen, der ihr Meldebuch zu prüfen kam. Das erwies sich als überflüssig. Denn derselbe Kutscher brachte das junge Mädchen mit ihren sieben Sachen nach einiger Zeit wieder und während Monsieur Victorien diese widerwillig hinauftrug, fand Madame Jeanne Gelegenheit, vom Kutscher zu erfahren, daß er vorhin nur bis zu einem Hotel am andern Ende der Rue Séguier, dessen Nummer er angab, gefahren war und nach längerm Warten seinen sonderbaren Fahrgast, diesmal in anständigem Aufzug und mit Koffer, Schachteln u. s. w., wieder aufgenommen und hierher zurückgefahren hatte.

Madame Jeanne nahm sich vor, das erste freie Viertelstündchen zu einem Besuche bei der Kollegin im benachbarten Gasthof zu benutzen, um über die Entführerin ihres Mieters etwas zu erfahren. Jack wartete darauf nicht, sondern trat den Gang ungesäumt an. Er fragte die Pförtnerin des ihm bezeichneten Garni, ob Fräulein Catherine Lefueur zu Hause sei. Sie antwortete barsch, das Fräulein wohne nicht mehr da. Catherine hatte also keinen falschen Namen angegeben. Ein guter Punkt. Er erkundigte sich weiter. Die Frau wollte nichts sagen und nichts wissen. Sie war sichtlich äußerst mißtrauisch gegen ihn. Da er erkannte, daß er sie nicht kirren konnte, verlor er seine Zeit nicht, sondern ging heim und bat Madame Jeanne, die Frau zum Sprechen zu bringen.

Das gelang ihr ohne Mühe. Als Jack am Abend aus der Pension heimkam, wo er seine Mahlzeiten einnahm, konnte Madame Jeanne ihm mit einer umständlichen Erzählung aufwarten. Die Person war etwas Rechtes! Das konnte man sich ohnehin denken. Sie hatte seit einigen Monaten in dem Garni mit einem Studenten aus den Kolonien gelebt. Er war sehr verliebt und sehr eifersüchtig. Ob sie ihm dazu Anlaß gegeben, wußte die Pförtnerin nicht oder wollte es nicht sagen. Es gab häufige, überaus heftige Auftritte zwischen den jungen Leuten. Der Mulatte bedrohte seine Freundin wiederholt mit dem Revolver. Er schlug sich zweimal mit Stubennachbaren, weil sie ihr zu nahe gekommen waren, und wurde einmal nicht unerheblich verwundet. In der letzten Nacht war wieder Streit auf ihrer Stube ausgebrochen und so lärmend geworden, daß das Pförtnerpaar erwog, ob man nicht hinaufgehen und Ruhe fordern solle, obschon man ja in Studentengarnis auch nachts an keine Klosterstille gewöhnt ist. Da hatte Mademoiselle Catherine plötzlich » *Cordon, s'il vous plaît!*« gerufen und das Haus verlassen und der Lärm hatte ein Ende. Am Morgen schien der junge Mann von den Antillen verstört, lief früh weg, kam im Laufe des Vormittags wiederholt zurück, fragte in der Pförtnerstube, ob nichts für ihn gekommen sei, eilte wieder davon, ohne auf seine Stube hinaufzugehen, und zog schließlich mittags klipp klapp, ohne Kündigung, ohne Erklärung, ohne Angabe einer Bestimmung, mit Hinterlassung der Habseligkeiten seiner Freundin, aus. Nachmittags erschien dann Mademoiselle Catherine wieder auf der Bildfläche – in welcher Kluft, du grundgütiger Himmel! – und fand das Nest leer, was ihr indes anscheinend weder Kummer noch Überraschung bereitete. Was zwischen den beiden vorgefallen war, blieb dunkel, aber die Pförtnerin erklärte sich erfreut, daß sie das unbequeme Paar los geworden.

Jack hatte den Rahmen und die großen Züge des Lebens von Catherine und im Grunde konnte das genügen. Aber der Hang zur Genauigkeit in den Einzelheiten, der ihm natürlich war, ließ ihn noch nicht ruhen. Er brachte leicht den Namen des Mulatten in Erfahrung, der aus dem Garni der Rue Séguier verschwunden war. Er erkundigte sich bei einem Studenten aus Guadeloupe, der im physiologischen Laboratorium neben ihm arbeitete, nach dem Landsmanne. Der kannte ihn nur dem Namen nach, konnte aber Jack mit einem Kameraden in Verbindung setzen, der mit dem Mulatten enger befreundet war.

Bei dem Essen, zu dem Jack beide junge Leute einlud, sprach der eine, ein Interne (Krankenhaus-Hilfsarzt), mit Behagen, und nicht ohne leisen Spott, von seinem Freund und Catherine; er bildete sich nämlich ein, daß der alte Engländer in das Mädchen verschossen sei. So viel er wußte, war Catherine eine Blüte von Montmartre, dem Pflaster des heiligen Berges entsprossen, den Eltern aus angeborenem, unwiderstehlichem Drang zu wilder Ungebundenheit früh entlaufen. Sein Freund Cartaux hatte sie einem Vorbesitzer entführt, einem ältern Geschäftsmann, in dessen Modeatelier sie gearbeitet hatte. Das war eine unerquickliche Geschichte. Wegen Catherine hatte der Mann seine Frau, nach gefeierter silberner Hochzeit, aus dem Hause gejagt und sich eine Kugel durch den Kopf geschossen, als sie ihn verließ, um dem Mulatten zu folgen. Es gab überhaupt viel Melodrama im Leben dieses reizenden Mädchens. Sie verdrehte alle Köpfe. »Wir waren alle hinter ihr her, mein lieber Herr Mac, so viel wir unser waren, Freunde und Bekannte Cartaux'. Es war aus ihr nicht klug zu werden. Sie lockte alle an und ließ alle schnöde abfallen. Ich könnte große Eide schwören, daß keiner von uns sich auch nur so viel rühmen darf. Der arme Cartaux! Er wollte es freilich nicht glauben. Ein sehr hysterisches Geschöpf. Stark neuropathische Augen. Furchtbar gefährlich für Nervöse – und Schwachköpfe.«

Jack bekam eine gute Meinung vom Urteil des Interne und eine beklemmend düstere vom Schicksal seines jungen Freundes.

IV

Rudolf und Catherine lebten in der neuen Wohnung eine Art Honigmond und ihre wechselseitige Verliebtheit gab sich so ungezwungen, daß Jacks heikle Empfindung daran heftigen Anstoß nahm. Nach einem ersten Besuche, bei dem Catherine Rudolf auf dem Schoße saß und mit ekstatischen Augen an seinem Blicke hing, nach einem zweiten, erheblich kürzern, während dessen sie nicht aufhörte, ihren Freund mit Küssen zu bedecken, vermied er es eine Weile, von neuem Zeuge ähnlicher Geschmacklosigkeiten zu werden. Seine Enthaltung befremdete und beunruhigte Rudolf. Der ältere Freund, mit dem er seit zwei Jahren, und besonders im letzten, so vertraut gelebt, gewohnt, gegessen hatte, fehlte ihm. Nach der alten Wohnung mochte er nicht gehen, weil er vom Pförtner schmollend geschieden war, in die Pension kam er nicht mehr, weil er jetzt mit Catherine in einem Gasthaus aß, er mußte also, um ihn zu sehen, ihn entweder im Seziersaal oder Laboratorium aufsuchen oder ihm förmlich auf der Straße auflauern, beides sehr unbequem, und dadurch noch unbequemer gemacht, daß Catherine darauf bestand, ihn immer zu begleiten.

Sie wollte ihn keinen Augenblick allein lassen, sich bei Tag und Nacht nicht von ihm trennen. In den ersten Tagen setzte er es noch durch, daß er in die Sorbonne, in das College de France gehen durfte, ohne daß sie ihm in den Hörsaal folgte. Sie wartete dann während der Vorlesung draußen auf einer Bank, mit einem Buch in der Hand, das ihre Träumerei maskierte, und wenn er herauskam und sie seiner ansichtig wurde, eilte sie auf ihn zu, bemächtigte sich seines Armes, führte ihn rasch weg und erzählte ihm die Anfechtungen, die sie in der Stunde der Erwartung hatte abwehren müssen. In die Nationalbibliothek ließ sie ihn überhaupt nicht mehr gehen, als sich herausstellte, daß er ihr keine Karte für den Lesesaal erwirken konnte, die sie gefordert hatte. Sie fand dabei Worte, deren lästerlichen Klang sie nicht ahnte, da sie nie die Bibel gelesen. »Laß doch deine Bibliothek,« sagte sie; »deine Bücher wirst du immer haben. Mich aber wirst du nicht haben.« Wenn er schwache und immer schwächere Versuche machte, seine Arbeitsfreiheit zu verteidigen, überwand sie ihn mit der Bemerkung: »Du hast mir sechs Wochen versprochen. Das ist so wenig. Willst du mir auch die paar Augenblicke noch verkürzen?« Er mußte sich darein finden, daß es mit der ernsten Beschäftigung vorbei war. Er entschuldigte sich vor sich selbst damit, daß er in den paar Wochen ohnehin nichts Rechtes mehr geschafft haben würde.

Auch Jack vermißte Rudolf recht sehr. Er hatte in den zwei Pariser Semestern viele Bekanntschaften gemacht, aber bei dem großen Altersunterschiede zwischen ihm und den Kameraden und bei seiner natürlichen würdevollen Zurückhaltung keine neuen Freundschaften geschlossen. Er war also jetzt einsam; weit mehr, als es seinen Neigungen und Gewohnheiten entsprach. Doch daran war nun einmal nichts zu ändern. Das Schauspiel lockerer Lebensführung war ihm zu widerwärtig, als daß er ihm nicht nach Möglichkeit hätte aus dem Wege gehen wollen. Auch er klammerte sich indes an die Hoffnung, daß der nahe Beginn der Universitätsferien den Freund aus dem Zauberbann seiner Nixe erlösen werde.

Aus dieser beruhigenden Vorstellung schreckte ihn gegen Mitte Juli ein Angstbrief der Frau Geheimrat Korte auf, die ihm schrieb: »Mein verehrter, lieber Herr MacIntyre, Rudolf teilte mir vor einigen Tagen lakonisch mit, wir hätten auf seine Heimkehr, bis zu der wir alle die Stunden zählen, nicht mehr zu rechnen, er müsse noch eine Zeitlang – wie lange, sagte er nicht – in Paris bleiben. Auf meine dringende Bitte um nähere Angabe der Gründe antwortete er in unklaren ausweichenden Redensarten, die zu seiner sonstigen Bestimmtheit einen auffallenden Gegensatz bilden. Verständlich war mir nur eine Bemerkung, die mich mit der größten Unruhe erfüllt. Er schreibt nämlich: ›Ich werde vielleicht meinen ganzen Lebensplan zu ändern haben.‹ Was soll das heißen? Was geht vor? Eine frühere Anfrage, weshalb er plötzlich die Wohnung gewechselt, ließ er bis heute überhaupt unbeantwortet. Lieber, guter Herr MacIntyre, verzeihen Sie es meinem bangen Mutterherzen, wenn es sich an Sie, den bewährten Freund, mit der dringenden Bitte um Aufklärung wendet. Lassen Sie mich nicht warten, bitte, bitte! Aufrichtige Grüße von Ihrer Sie hochschätzenden C. Korte.« Eine Nachschrift sagte: »Adele und Tildchen grüßen herzlich. Auch sie wollen ihren Bruder wieder haben!«

Den Brief hatte die letzte Abendpost gebracht. Da zögerte er denn freilich nicht und eilte am nächsten Vormittag, ehe er sich in das

Laboratorium begab, nach dem Quai Conti. Auf sein Klopfen an Rudolfs Tür, vor der zwei Paar Schuhe, Männlein und Weiblein, standen, antwortete eine Stimme aus dem Hintergrunde des Zimmers: »Wer ist's?«

»Mr. MacIntyre!« knurrte Jack.

»Oh! Gleich! Entschuldige!« rief es von drinnen, man hörte ein leichtes Gepolter wie von hastigen Bewegungen, die einen Stuhl umwarfen, und nach wenigen Minuten näherten sich Schritte der Tür, deren Riegel zurückgeschoben wurde.

Nach neun Uhr vormittags, im Juli, noch im Bette! Welche Änderung in Rudolfs Gewohnheiten!

»Verzeihe, daß ich dich ein wenig warten ließ,« sagte Rudolf, vor die halb geöffnete Tür tretend und ihm die Hand entgegenstreckend. Er war rasch in Pantoffel und Beinkleider gefahren, hatte sich aber keine Zeit genommen, auch eine Jacke anzuziehen. »Wir sind gestern spät nach Hause gekommen. Catherine versteckt sich vor dir unter der Decke. Komm herein.«

»Ich ziehe vor, dich unten zu erwarten, bis du dich angekleidet hast. Ich habe mit dir ein wenig zu plaudern. Deine Freundin will ich nicht stören.«

»Gut. Ich bin sofort bei dir.«

Jack ging hinunter und trat zu den Bücherkasten auf der Brustmauer des Quais, wo er zerstreut die regenverwaschenen und sonngebleichten Rücken der alten Bände betrachtete, bis Rudolf neben ihm stand.

»Was erfahre ich?« fragte Jack, langsam die Richtung nach dem Pont des Arts einschlagend, »du willst Ende des Monats nicht nach Hause reisen?«

»Hat dir meine Mutter geschrieben?« war Rudolfs rasche Gegenfrage.

»Ja. Sie ist sehr unruhig, denn sie kann sich deinen Entschluß nicht erklären.«

Rudolf schritt schweigend neben seinem Freunde her. Als die Antwort zu lang auf sich warten ließ, fuhr Jack fort: »Und ich erkläre mir ihn auch nicht.«

Der junge Mann schien noch mit sich zu ringen, endlich sagte er langsam und nachdrücklich: »Meine Mutter kann mich natürlich noch nicht verstehen. Aber dir sollte ich nichts zu erklären brauchen.«

»So! Als ich dich warnte, da erwidertest du mir wohlgemut: Ach was, Ende Juli ist ja doch alles vorbei. Und nun?«

»Ich war damals guten Glaubens. Ich kannte Catherine nicht. Jetzt – ist es etwas anderes.«

»Das heißt, du willst nicht von ihr lassen?«

Rudolf blieb stumm.

»Ich möchte nur wissen,« fuhr Jack eindringlicher fort, »wie du dir das weitere eigentlich denkst? Willst du deine ganze Zukunft in Trümmer schlagen, um mit deiner – Freundin beisammen zu bleiben?«

»So weit habe ich, ehrlich gestanden, noch nicht gedacht. Und so tragisch würde ich es in keinem Fall ansehen. Meine Zukunft hängt doch wohl in erster Reihe von meiner Kraft und Tüchtigkeit ab, nicht von meiner Beziehung zu einem geliebten Wesen. Vorläufig steht nur so viel fest, daß ich meine Pläne ein wenig ändern muß. Ich kann Catherine unmöglich nach Hause mitnehmen. Und – ich kann sie ebensowenig verlassen.«

»Deine Pflicht gebietet es dir, Rudolf.«

»Nein, Jack. Es gibt keine Pflicht, ein geliebtes Wesen zu töten.«

»Das glaubst du?«

»Das weiß ich. Du kennst Catherine nicht. Sie ist ein Wesen der Auslese, von feinster, vornehmster Empfindung. Wenn ich ihr heute sagen würde: Schatz, es muß geschieden sein, – sie würde kein Wort erwidern, mich nicht mit rührsamen Auftritten plärrender Ariadnen aus der Nähwerkstatt langweilen, aber sie würde es nicht überleben.«

»Darauf würde ich es ankommen lassen.«

»Ich auch, wenn sie – mir gleichgültig wäre.«

»Wenn ich dein Vater wäre, würde ich dich sofort auf einem Segelschiff einschiffen und nach Neuseeland fahren lassen. Der Äquator ist sehr gut für solche Zustände.«

Rudolf lächelte. »Ich weiß nicht, ob ich mich deinem Machtgebot unterwerfen müßte, wenn ich dein vierundzwanzigjähriger Sohn wäre, aber das weiß ich, daß Catherine mir sehr bald nach Neuseeland folgen würde, wenn sie nicht schon in einem Dampfer vor meinem Segelschiffe dort angekommen wäre.«

»Das heißt also: es ist ein Bund fürs Leben?«

»Warum nicht?«

Jack blieb stehen. »Rudolf, kennst du Fräulein Catherine Lefueur?«

»Ich schmeichle mir.«

»Ich meine ihre Vergangenheit?«

Rudolfs Miene verdüsterte sich. »Ich weiß davon, was mir zu wissen nottut, und mehr will ich nicht erfahren.«

»Du weißt also, daß sie –«

»Ich bitte dich,« unterbrach Rudolf ihn gebieterisch, »erzähle mir nichts. In ihrer heldenmütigen Aufrichtigkeit hat Catherine mir alles bekennen wollen. Ich habe es ihr verboten. Was soll es mir nützen, daß ich von ihrem Unglück eine Einzelheit mehr oder weniger weiß? Das Schicksal hat sie durch den Schlamm von Babylon geschleift. Das weiß ich. Aber ich weiß auch, daß der Schmutz ihr Inneres nicht besudelt hat. Das nächtliche Bad in der Seine hat sie reingespült. Ihr neues Leben ist nichts als Liebe und Treue und Hingebung. Sie lebt nur in mir und durch mich.«

»Und von dir,« fügte Jack trocken hinzu.

Rudolf ärgerte sich. »Das scheint mir in der Ordnung. Etwa nicht?«

»Doch, doch,« begütigte Jack.

»Sie ist völlig anspruchslos. Ich habe sie geradezu zwingen müssen, sich von mir ein wenig ausstatten zu lassen. Denn es war mir unangenehm, sie in Kleidern von unbekannter Herkunft zu sehen. Sie ist von einer Zartheit der Empfindung, von einem natürlichen Sinn für das Schöne, die mich stündlich neu entzücken. Wirst du glauben, daß sie von mir Unterricht im Deutschen gefordert hat und mit dem größten Eifer lernt, um meine Dichtungen in der Ursprache lesen zu können?«

»Ganz geschickt,« brummte Jack.

»Du hältst das für Berechnung? Welchen Vorteil soll sie davon haben? Sie weiß, daß sie dem Dichter nicht zu schmeicheln braucht, um des Menschen sicher zu sein.«

»Doppelt genäht hält besser.«

»Du willst von deinem Vorurteil nicht lassen. Gut.«

Sie gingen wieder eine Weile schweigend nebeneinander her. So gelangten sie bis zur Solferinobrücke. Hier machte Jack kehrt. »Ich sehe, wie die Dinge liegen. Sage mir nun, was ich deiner Mutter schreiben soll.«

»Ja – allerdings –« murmelte Rudolf. »Das ist eine etwas peinliche Sache. Ich habe nie gelogen und will es jetzt nicht lernen. Die Wahrheit kann ich meiner Mutter doch nicht gut sagen. Ich muß ihre zimperlichen Anschauungen schonen. Ich werde von Arbeiten sprechen, die mich noch hier festhalten. Das ist nicht geradezu un- wahr. Es ist nur nicht die ganze Wahrheit.«

»Hm. So. Und ich?«

»Du – sollst bestätigen, daß ich einstweilen hier bleiben muß.«

»Ohne auf Einzelheiten einzugehen?«

»Ich glaube nicht, daß du dazu verpflichtet bist.«

»So. Nun will ich dir etwas sagen. Wie ich Frau Geheimrat kenne, wird sie, wenn sie aus deinen und meinen Briefen nicht klug wer- den kann, nicht lange fackeln, sondern einen dieser Tage ohne War- nung bei dir eintreffen. Dann magst du zusehen, ob du auch ihr an der Tür sagen kannst, Catherine verstecke sich vor ihr unter der Decke.«

Rudolf zuckte die Achsel. »Das ist in der Tat nicht ganz unmög- lich. Es wäre sehr unangenehm. Aber was kann ich dagegen tun?

Ich werde meine Mutter um Verzeihung bitten. Auf ihre Liebe rechne ich blind. Und ich traue Catherine zu, daß sie jede Feindseligkeit überwinden und jedes Herz gewinnen kann, wenn man sich nur die Mühe nimmt, sie kennen zu lernen.«

»Armer Junge,« war alles, was Jack erwiderte. Rudolf lächelte über das Mitleid seines Freundes.

»Komme jetzt mit hinauf. Catherine ist inzwischen gewiß fertig geworden.«

»Lieber nicht. Es ist spät. Ich muß ins Laboratorium. Ein andermal.«

»Aber recht bald. Möchtest du nicht heute abend mit uns essen?« fragte Rudolf, als er an seiner Haustür dem Freunde die Hand zum Abschied reichte.

Jack überlegte kurz. »Meinetwegen,« sagte er dann. »Ich hole euch um sieben ab.«

Seine Gedanken blieben bis zum Eintritt in das physiologische Laboratorium bei seinem Freunde. Anfangs überwog der Widerwille gegen die Verhältnisse, die er aus so unangenehmer Nähe beobachten mußte. Vielleicht wäre es das beste, den törichten Jungen zu schneiden. Es paßte einem Manne seines Alters, seiner Stellung, seiner Anschauungen nicht, gewissermaßen zu den vergnüglichen Beziehungen eines sentimentalen Narren die Kerze zu halten. Aber die Frau Geheimrat? Ihr würde er schreiben, daß er über die Pläne ihres Sohnes nichts Genaues wisse und ihn übrigens nur noch selten sehe, seit er nicht mehr mit ihm in einem Hause wohne. Sein Gefühl ließ ihn jedoch diese Lösung rasch verwerfen. Würde er Rudolf sich selbst überlassen, wenn er den Typhus bekäme, oder wenn er plötzlich geistig erkranken würde? Welcher Gedanke! Er würde natürlich an seiner Seite bleiben und ihn pflegen, auch wenn dies ihm große Unbequemlichkeiten auferlegen würde. Er mußte ihn als einen Kranken ansehen. Er mußte ihm beistehen; ihm helfen, seine Gesundheit wieder zu erlangen. Rudolf wollte nach den Sitten des Lateinischen Viertels leben, ohne gegen die Sentimentalität fest zu sein, wie es die Jugend des Lateinischen Viertels ist. Masern sind bei uns eine verhältnismäßig leichte Krankheit. Auf den Südseeinseln töten sie alle, die sie befallen. Ein Pariser Student konnte sich vielleicht ungestraft mit einer Catherine einlassen. Er behielt sie, solange sie ihm Spaß machte, und gab ihr ohne Wimpernzucken den Laufpaß, sowie sie ihm lästig wurde. Bei Rudolf aber war der Einsatz in diesem Spiele gleich das ganze Herz. Er beherrschte die Lage nicht. Er war weder kaltblütig noch herzensroh genug, um sich den bequemen Ausweg aus ihr offen zu halten.

Konnte er ihm daraus einen Vorwurf machen? Er selbst, der kühle, reife Mann, brachte es nicht über sich, mit Rudolf zu brechen, obschon dies jetzt eigentlich für ihn das richtige wäre, und ihn verband doch nur eine verständige Freundschaft lose mit dem jungen Mann. Wie sollte er sich wundern, daß Rudolf die unvergleichlich stärkeren Bande nicht zerreißen konnte, die ihn an ein schönes junges Mädchen knüpften!...

Schon die bloße Menschenpflicht gebot ihm, Rudolf nicht aufzugeben. Auch er wäre einem Freunde dankbar, wenn er unter ähnlichen Verhältnissen seinem Sohne beistände. Mit liebloser Strenge war offenbar nichts auszurichten. Sie würde nur Rudolfs Trotz herausfordern und zum Bruche führen. Nur durch treue Wacht und unablässige, jedoch nachsichtige und schonende Einwirkung durfte er hoffen, ihn über diese Krise hinwegzusteuern.

Und während Jack diese Verhaltungsregeln für sich im Geiste festlegte, schien es ihm, daß ihm die reizende Adele über die Schulter der Frau Geheimrat hinweg mit den sanften blauen Augen innig dankte.

Jack war wie immer pünktlich. Um sieben Uhr trat er bei Rudolf ein. Catherine, die, um nicht auf sich warten zu lassen, mit dem Hut auf dem Kopfe dasaß, begrüßte ihn mit ihrem bezauberndsten Lächeln und Blick und der Anrede: »Guten Tag, lieber Feind.«

»Feind?« fragte Jack etwas erstaunt, während er die ihm gereichte Hand leicht berührte.

»Gewiß, Sie würden mir sonst meinen Rudolf nicht mißgönnen.«

Jack erwiderte nichts, sondern blickte Rudolf an.

»Gehen wir,« sagte dieser.

»O, ich weiß sehr wohl,« plauderte Catherine, während sie die Treppe hinuntergingen, »daß Sie uns trennen wollen. Rudolf braucht es mir nicht zu sagen. Ich kenne jede Falte seines Herzens. Ich lese es in seinen Augen, wenn er mit Ihnen zusammen gewesen ist. Ich mache Ihnen keinen Vorwurf. Gott bewahre. Sie haben recht. Aber ich habe auch recht.«

»Das ist nicht möglich,« bemerkte Jack trocken.

»Doch, doch,« erwiderte Catherine lebhaft. »Es kommt nur darauf an, was man vom Leben verlangt: Geld oder Glück.«

»Von Geld ist nicht die Rede, Fräulein. Glücklich aber kann man nicht sein, wenn man seine Pflichten vernachlässigt.«

»Ich werde meinen Rudolf nie hindern, seine Pflichten zu erfüllen, alle seine Pflichten.«

»Lassen wir das,« sagte Rudolf, dem der Gang der Unterhaltung peinlich schien.

Er führte nach einem bescheidenen Gasthaus in der Rue Dauphine. Catherine glich in ihrem Essen und Trinken einem kleinen Vogel, der Körner pickt und zwischendurch den Schnabel netzt. Sie hatte nicht die Unformen, die Personen der niederen Stände bei Tische hervorkehren und für die Jack ganz besonders empfindlich war. Er litt unter ihrer Tischgenossenschaft nicht. Das war viel mehr, als er erwartet hatte. Und sie plauderte nett und klug über alle möglichen Dinge, etwas sprunghaft, oft drollig durch unvorhergesehene Einfälle und malerische Vergleiche, daß Jack nicht umhin konnte, sich zu bekennen, daß man die Gesellschaft dieser Kleinen sehr wohl kurzweilig finden konnte. Sie war zweifellos reich an Naturanlagen. Günstigere Verhältnisse hätten aus ihr einen berückend anziehenden, vielleicht auch edeln und guten Menschen machen können. Aber was half es, zu klagen, daß es anders gekommen war?

»Sage mir nun etwas über deine Sommerpläne, wenn du schon welche hast,« wandte sich Jack an Rudolf.

»Ich denke, ich werde ein wenig in der Provinz reisen. Ich möchte doch von Frankreich etwas mehr gesehen haben als Paris. Ein Seebad. Die Bretagne, die mich seit Jahren beschäftigt und die für mich bisher nur ein Traumland gewesen ist.«

»Das wird herrlich sein,« schwärmte Catherine. »Ich reise so gern. Das Meer, die bretonische Heide, das Land mit Wiesen und Blumen und Kühen – all das in Gesellschaft eines Dichters, den man anbetet – ich fürchte mich beinahe noch, daran zu glauben – wenn etwas dazwischen käme! ...«

Rudolf streichelte ihr zärtlich die Wange. »Sei ruhig, Schatz.«

»Schön,« bemerkte Jack. »Das wird einige Wochen in Anspruch nehmen.«

»Die Ferienmonate,« sagte Rudolf.

»Und dann? Im Oktober?«

»Wer wird auf so weit hinaus Pläne schmieden!« rief Catherine. »Das Leben wäre unleidlich, wenn es nach einem amtlichen Programm ablaufen würde. Für den Oktober lassen wir einstweilen Gott sorgen.«

»Das ist bequem.«

»Eben deswegen.«

Rudolf konnte ein Lächeln nicht unterdrücken.

»Ist das auch deine Meinung?« fragte Jack stirnrunzelnd.

Catherine kam dem Gefragten zuvor. »Rudolf zeigt manchmal eine bedauerliche Neigung, sich über das, was werden soll, den Kopf zu zerbrechen. Ich rede es ihm aber nach Kräften aus. Ich habe immer gefunden, daß es nichts Unnützeres in der Welt gibt, als die Zukunft festlegen zu wollen. Es kommt ja doch immer anders. Also wozu? Das einzig Vernünftige ist, heute fröhlich zu sein. Für morgen genügen Wünsche, Hoffnungen, Luftschlösser.«

»Das nenne ich Leichtsinn,« sagte Jack.

»Ich auch,« antwortete Catherine rasch.

Diesmal lachte Rudolf. »Sie faßt als Kompliment auf, was du als Vorwurf meinst. Ihr werdet euch nie verstehen.«

Es war Jack aufgefallen, daß seit einigen Minuten Catherine angeregter, ihre Stimme lauter, ihr Mienenspiel lebhafter, ihr Blick beweglicher geworden war. Die Unterhaltung rechtfertigte diese Veränderung nicht genügend. Eine zufällige Kopfwendung ließ ihn vermuten, daß er die Erklärung gefunden habe. An einem Nachbartische hatte ein hübscher junger Mann Platz genommen, nach seiner Erscheinung und seiner Ledermappe zu urteilen ein Anwaltsschreiber oder dergleichen. Er hatte eine Abendzeitung vor sich gegen sein Glas gelehnt, um beim Essen zu lesen. Er war auf die anziehende Nachbarin aufmerksam geworden und las nicht mehr, sondern suchte mit ihr zu äugeln. Catherine mied seinen dreist beredten Blick nicht, sie suchte ihn vielmehr, sie ermutigte und erwiderte ihn. Ihr ganzes Wesen und Gehaben entwickelte hundert kleine Anreize für den unbekannten Hofmacher. Dabei schmiegte sie sich inniger, zärtlicher, fast unpassend an Rudolf und das hin und her blitzende Auge nahm einen besonders verliebten Ausdruck an, wenn es nach einem raschen Brandblick auf den jungen Nachbar zu ihm aufschaute.

Jack verfolgte dieses kleine Spiel mit einem Gemisch von Mitleid und Verachtung. Was war das? Komödie? Verderbnis? Läßliche Koketterie? Unbewußtes Tun? War ihre Liebe zu Rudolf eine oberflächliche Regung, vielleicht gar nur Verstellung? Oder war bedenkenfreie Gefallsucht bei ihr gebieterischer als die Liebe? Er mußte an die Diagnose des Interne denken: »Stark neuropathische Augen; sehr hysterisches Geschöpf.« Aber seine Wahrnehmungen waren ihm nicht unangenehm. Sie ließen die Umrisse einer annehmbaren Lösung hervortreten. Wenn er Rudolf nicht bestimmen konnte, sie aufzugeben, so war sie es vielleicht, die seiner überdrüssig wurde und ihn eines Tages neuen Eindrücken zuliebe anpflanzte. Wohl würde seine Eigenliebe unter solcher Treulosigkeit einen Augenblick leiden, aber um so schlimmer. Die Rettung war es doch und ganz ohne Ungemach konnte man nicht hoffen, aus einem derartigen Abenteuer frei zu kommen. Der Gedanke fuhr ihm sogar durch den Kopf, Catherinens natürlichem Flattersinn Vorschub zu leisten, mit ihr eine Unterredung zu suchen, ihr eine Abfindung anzubieten, wenn sie Rudolf heimlich verlassen wolle – wie es später oder früher ohnehin geschehen würde. Als puritanisch erzogener Schotte war Jack kein Theatergänger und kannte die »Kameliendame« nicht. Vater Duvals Besuch bei Marguerite diente ihm also weder als Anregung noch als Lehre. Aber in seiner Sollicitorpraxis hatte er mehr als einmal geschäftsmäßig Beziehungen zu lösen gehabt, die reichen jungen Toren gefährlich zu werden drohten. Es war indes doch etwas in Catherinens Wesen, was ihn warnte. Er mußte noch beobachten, ehe er eingriff.

Er sah, wie der junge Nachbar mit dem Kellner flüsterte und dieser nach einem Blick auf ihren Tisch leise antwortete. Eine Erkundigung nach ihnen, vielleicht ein Auftrag ... Und es entging ihm auch nicht, daß Catherine, als sie aufbrachen, zu dem Fremden hin sprach, während sie vor dem Spiegel die Hutnadel zurecht steckte und laut vorschlug, sie sollten den Abend in einem Café-Konzert beschließen.

Der Köder lockte nicht genug. Der junge Mann folgte ihnen nicht. In Jacks Geiste aber stand es jetzt wie eine Zwangsvorstellung: »Armer Rudolf! Armer Rudolf!«

Rudolf war weit entfernt, sich für beklagenswert zu halten. Er folgte dem Rate Catherinens, mehr in der Gegenwart als in der Zukunft zu leben, und er sah diese nur als ein schwimmendes Gebilde, worin deutliche Formen nicht zu erkennen waren, das aber im ganzen von freundlicher Rosenfarbe schien. Auch über die Sorge, die ihm die Mutter bereitete, kam er unerhofft glimpflich hinweg. Auf seinen Brief, worin er ihr mitteilte, daß er in Frankreich reisen wolle, erhielt er eine Antwort voll sanfter Vorwürfe, weshalb er denn zuerst geheim getan und dies nicht gleich gesagt habe; es sei ja so natürlich, daß er auch die Provinz kennen zu lernen wünsche; jetzt sei er nahe dazu, wer weiß, ob er es später je wieder so bequem haben werde; und es könne ihm gewiß nur nützlich sein. Sie habe einen Augenblick ernstlich daran gedacht, diese Ferienreise, die sie sich entzückend vorstelle, unter seiner Führung mitzumachen – ihn überlief es kalt –, aber das würde doch wohl zu kostspielig sein – »ah! Gott sei Dank!« –; so solle er es sich denn gut gehen lassen und nur möglichst bald gesund heimkommen. Tildchen legte einen Gruß bei und mahnte, ihr nur ja von überall Ansichtskarten zu schicken. Er atmete erleichtert auf. Nun hatte er wenigstens zwei Monate lang freie Bahn vor sich. Das Weitere –

Die erste Erschütterung erfuhr seine Selbstzufriedenheit wenige Tage, ehe er an die See ging. Er schlenderte mit Catherine nachmittags einen Baumgang des Luxembourggartens entlang, als aus einem Seitenpfad ein dunkelhäutiger junger Mann mit dem Studentenbarett auf dem Krauskopf in den Hauptweg bog und beim Anblick des Paars plötzlich wie eingewurzelt stehen blieb. Gleichzeitig fuhr durch Catherinens zierliche Gestalt vom Scheitel bis zur Sohle ein jähes, kurzes Beben wie von einem elektrischen Schlag.

Rudolf blickte erstaunt zuerst auf Catherine, die leichenblaß geworden war und sich trotz sichtbarer Anstrengung nicht verhindern konnte, wie Espenlaub zu zittern, dann auf den Unbekannten, der sich ebenfalls fahl verfärbt hatte, und war sich sofort über den Sinn dieser Begegnung klar. Er wußte nicht, welchen Ausdruck sein Gesicht und seine Augen annahmen, aber Catherine und der junge Farbige sahen es. Dieser machte kehrt und schlug hastig wieder den Seitenpfad ein, Catherine aber wandte sich dem Eingang zu und zog mit dem Aufgebot ihrer ganzen Kraft Rudolf mit sich fort. Er hatte nur einen Augenblick triebhaft den Drang, sich von ihr loszureißen und dem Enteilenden nachzulaufen. Dann ließ er sich widerstandslos wegführen.

Lange gingen sie beflügelten Schrittes wortlos nebeneinander her. Endlich fragte Rudolf zwischen den zusammengebissenen Zähnen: »Dieser Neger war also dein – dein –«

Sie drückte seinen Arm an sich und beschleunigte ihren Gang.

»Antworte mir, Catherine.«

»Sei nicht grausam, Schatz,« murmelte sie flehentlich, »was soll ich dir sagen?«

»Mit einem Neger hast du dich eingelassen!«

Nun wurde sie doch empfindlich. »Er ist doch kein Neger! Er ist nur ein ›*pays chaud*‹. Er gehört einer der besten Familien von La Martinique an. Aber warum drehst du mir die Messerklinge im Herzen um? Du hast mir versprochen, die Toten begraben sein zu lassen.«

»Tot! Er ist lebendig. Ich kann ihm auf Schritt und Tritt begegnen – o Catherine, wie konntest du –«

Sie ließ seinen Arm los. Über ihr Gesicht zuckte es. Plötzlich brachen zwei Tränenströme aus ihren Augen und überfluteten ihre Wangen. Vorübergehende blieben stehen und blickten den beiden nach.

»Catherine! Kein Ärgernis!«

»Verzeihe. Verzeihe. Ich bin schon ruhig. Ach, ich bin so unglücklich.« Sie fuhr sich mit dem Taschentuch über das trostlos scheinende Gesicht, während unterdrücktes Schluchzen ihre Büste erschütterte.

Er schämte sich seines Mangels an Selbstbeherrschung. In ihm wollte Mitleid mit dem armen Geschöpfe erwachen. In der Tat: mit welchem Rechte quälte er sie? Er durfte sie doch für das, was vor ihrer Bekanntschaft lag, nicht verantwortlich machen.

Er wiederholte sich das im Geiste einigemal. Aber er konnte den abscheulichen Eindruck doch nicht loswerden. Er hatte bisher vermieden, sich mit Catherinens Vergangenheit zu beschäftigen. Wenn er an sie denken wollte, machte er eine Anstrengung, um seine Gedanken abzulenken. Das gelang ohne allzu große Mühe, denn sie war eine Abstraktion, in der kein bestimmter Zug seine Aufmerksamkeit anrief und festhielt. Jetzt aber war diese Vergangenheit konkret verkörpert; jetzt sah er sie als einen scheußlichen schwarzen Kerl vor sich – welche Demütigung! Welcher Ekel! Sein Stolz eines Edelrassenmenschen, der nach der Art seiner in den Lehren von Lagarde und Gobineau und Nietzsche aufgewachsenen Hochschülergeneration fühlte, bäumte sich gegen unleidlich widerwärtige Vorstellungen. Er war auf sich selbst wütend, daß er nicht die Kraft fand, diese besudelte Kleine weit weg zu schleudern, sich ihrer Berührung zu entziehen.

Sie erriet genau, was in ihm vorging. Sie flehte: »Sei gut, sei großherzig, Schatz. Ich liebe dich so sehr! Ich weiß nichts mehr von dem, was war. Ich habe ein Gespenst gesehen. Ich begreife jetzt selbst nicht, daß es möglich war.«

Er setzte stumm den Weg fort, bis sie nach Hause kamen. Da war sie demütig und zerknirscht und in unterwürfigen Liebkosungen erfinderisch wie eine morgenländische Sklavin. Und sie flüsterte ihm unter Küssen ins Ohr: »Ich hätte das nie bei dir vermutet. Wenn du dich gesehen hättest! Ich war versteinert vor Entsetzen. Du warst so wunderschön – wie ein Mörder. Ich bin sicher, du hättest auch gemordet, wenn ich dich nicht weggerissen hätte. O Schatz, Schatz!«

Seine Widerstände erschlafften. Er suchte das Bild der Begegnung aus seiner Erinnerung zu verscheuchen. Er erwiderte Catherinens Zärtlichkeiten. Aber der Wurm saß im Kern ...

V.

Die Wahl eines Seebades fiel auf St. Enogat, das nicht ganz so anspruchsvoll wie Trouville oder die anderen übermütig üppigen Weltbäder, doch auch nicht ganz so spießbürgerlich langweilig war wie die »wohlfeilen Strandlöcher«, *petits trous pas chers,* für die in den Volksblättern geklappert wurde. Es war auch da genug schillerndes und flatterndes Leben, um Rudolf als Bild zu überraschen und zu fesseln, aber der Wirbel des Gesellschaftstreibens raste nicht toll genug, um auch den Unbeteiligten mitzureißen und ihm Schwindel und Übelkeit zu verursachen.

Catherine hatte sich vor der Abreise von Rudolf ein kokettes Badekostüm kaufen lassen und freute sich wie ein Kind auf ihr erstes Seebad. Als sie aber aus ihrer Zelle trat und, von Rudolf an der Hand gefaßt, die wenigen Schritte bis zum Wellensaum hinabeilte, um sich in die an diesem Tage gerade etwas kräftigere Dünung zu stürzen, da begab sich etwas Sonderbares. Bei der ersten Berührung der kühlen Salzflut mit dem Fuße schauerte sie zusammen, stieß einen schwachen Schrei aus und taumelte zurück. Rudolf, der sich mit einem Anlauf in die See gestürzt hatte, tauchte sofort wieder heraus, war im Nu an ihrer Seite und fing sie rechtzeitig in den nassen Armen auf, um sie vor dem Umsinken zu bewahren.

»Was hast du, Schatz? Was ist dir?«

»Nichts, nichts,« gab sie leise zurück. »Es ist schon wieder vorüber.«

»Verträgst du kaltes Wasser so schlecht? Und es ist eigentlich gar nicht kalt.«

»Es ist nicht das, Schatz. Komm, führe mich zur Zelle zurück!«

»Wie! Du willst nicht baden? Sei doch nicht so schlapp. Ich will dich ganz sachte hineinführen.«

»Ich kann nicht. Du weißt nicht. Es ging mir durch Mark und Bein. Mir war plötzlich wie damals – in der Nacht – nein; ich kann nicht. Laß dich nicht stören, Schatz; geh ruhig ins Wasser. Ich kleide mich inzwischen an.«

Er brachte sie kopfschüttelnd an die Zelle und kehrte in die See zurück.

Sie blieb dabei, daß ihr vor dem weiten, großen Wasser graute. Aber auf den Genuß ihres reizenden Badekostüms wollte sie dennoch nicht verzichten. Und so kleidete sie sich täglich in ihrer Zelle um und begleitete Rudolf ans Wasser. Während er schwamm und tauchte, saß sie in einem Strandkorb oder im Sand und sah seinen Künsten eines kräftigen, kühnen und geschickten Schwimmers bewundernd zu. Aber ihre Aufmerksamkeit war nicht so vollständig gebunden, daß sie ihre Blicke nicht hätte wandern lassen. Das schöne junge Weib im trockenen Badeanzug, der zwar züchtiger ist als der nasse, welcher die Formen schonungslos modelliert, aber dennoch kecker wirkt, weil er die Vorstellung einer durch keinen erkennbaren Zweck gerechtfertigten Entkleidung macht, übte rasch eine starke Anziehung auf die männlichen Strandbesucher, die sie zuerst umschlichen, dann sich in ihrer Nähe lagerten und mit großer Deutlichkeit den Wunsch erkennen ließen, mit ihr anzubändeln. Nur die Gegenwart des großen, augenscheinlich athletischen jungen Mannes, mit dem man sie kommen und gehen sah, verhinderte die Dreistesten, sie anzureden. Der Augensprache legte seine Anwesenheit indes keinen Zwang an und es wurden verstohlen stumme, doch durchaus deutliche Unterhaltungen angeknüpft, die nicht nur einseitig waren.

Rudolf dachte nicht daran, eifersüchtig zu sein. Er fühlte sich seiner Catherine ganz sicher. Er sah daher auch keinen Grund, sie mißtrauisch im Auge zu behalten, während er sich in der Flut tummelte. Er schwamm bei glatter See manchmal so weit hinaus, daß man ihn nur noch als kleinen Fleck auf der spiegelnden Fläche wahrnahm. Er bemerkte aber dennoch nach einigen Tagen, daß einige Herren fortwährend an ihr vorbeistrichen oder sich in ihrer unmittelbaren Nachbarschaft aufhielten, wenn sie im Badekostüm am Strand erschien, und das mißfiel ihm. Er tauschte mit diesen aufdringlichen Bewunderern herausfordernde Blicke aus, als er herauskam und den Bademantel umnahm, den Catherine ihm reichte, und er äußerte ihr gegenüber etwas übellaunig, daß sie sich doch recht auffällig mache, wenn sie im Badekostüm dasitze, ohne zu baden.

»Es macht mir aber so viel Spaß,« wandte sie schüchtern ein.

»Auch anderen,« bemerkte er trocken.

Wieso?«

»Jetzt spielst du Komödie. Es kann dir unmöglich entgangen sein, daß die Männer in hellen Haufen hinter dir her sind.«

»In hellen Haufen! Wie du gleich übertreibst. Ich bin nicht blind, aber ich achte nicht darauf. Ich kann Dummköpfe nicht verhindern, sich lächerlich zu machen, aber man erweist diesen Maulaffen zu viel Ehre, wenn man sich von ihnen stören läßt.«

»Erlaube –«

»Aber Schatz! Wenn ein junges Weib in Paris über die Straße geht, hat sie da nicht auch immer gleich einen Verfolger an den Fersen? Soll man etwa deshalb nicht ausgehen? Es ist doch nicht unsere Schuld, daß die Männer wie die Köter sind, die ihren Weibchen mit heraushängender Zunge nachlaufen.«

»Dann soll man ihnen wenigstens keinen Vorwand liefern.«

»Rudolf, du kränkst mich.«

»Ich tu' es ungern. Aber ich finde es nun einmal unpassend, daß du dich im Stil der Grenouilltère[1] ausstellst.«

»Wozu bin ich dann im Seebad?«

»Um Seebäder zu nehmen. Da du aber erklärst, daß du das nicht kannst, so hat es auch keinen Sinn, daß du am Strand als trockene Nixe glänzest.«

»Dein Wille soll mein Gesetz sein,« sagte sie ergeben und küßte ihm die Hand.

Zur nächsten Flut kam sie angekleidet an den Strand. Das schien ihren prickelnden Reiz für ihre Verehrer nicht vermindert zu haben. Vielleicht vermehrte es ihn, weil man es für eine absichtlich raffiniert berechnete Gegensatz-Wirkung halten konnte. Man ging noch ausdauernder vor ihr hin und her und pflanzte sich noch standhaf-

---

[1] Grenouillère: Froschtümpel. Name einer Seinebucht in Bougival bei Paris, die im Sommer der Schauplatz eines sehr freien Treibens von Schwimmern und Ruderern beiderlei Geschlechts ist.

ter neben ihr auf. Rudolf, der nun aufmerksam geworden war, ärgerte sich über solche Aufdringlichkeit. Er kürzte seine Bäder ab und entfernte sich weniger weit vom Strande. Es war immer noch nicht eigentlich Eifersucht, was in ihm gor, sondern Zorn über die Unverschämtheit der Burschen, die Catherine zu behelligen wagten, obschon sie sahen, daß sie mit ihm war. Bildeten sie sich vielleicht ein, daß es gefahrlos sei, sich über ihn lustig zu machen? Er wollte ihnen heimleuchten. Der wohlerzogene junge Mann hatte einen starken Widerwillen gegen öffentliches Ärgernis und es würde ohne Zweifel ein solches geben, wenn er im triefenden Schwimmanzug vor versammeltem Badevolk einen der Laffen, die Catherine umkreisten, am Wickel zu fassen bekäme. Aber dem natürlich und gewohnheitsmäßig rauflustigen Korpsstudenten zuckte es in allen Gliedern, über diese Leute wie Odysseus über die Freier herzufallen, wenn sie sich um Catherine sammelten, so wie er ins Wasser gegangen war. Im Widerstreit der Dränge hatte noch keiner die Oberhand gewonnen. Er begann aber doch, beinahe unbewußt, kleine Kriegslisten zu üben, um einen oder den andern der Strandgecken im weißen Flanellanzug, mit Monocle und Blume im Knopfloch, bei frischer Tat der Liebäugelei zu ertappen und schwer anzurempeln. Er landete nicht unmittelbar vor Catherinens Strandkorb, sondern seitwärts weit ab und ging in einem Bogen hinten herum auf sie zu. Man sah ihn aber doch kommen und stob weg, ehe er da war.

Catherine sagte er nichts. Es wurmte ihn indes ein wenig, daß sie sich durch die Annäherungsbestrebungen nicht belästigt fühlte. Ihm schien, daß es ihr ein Leichtes sein müsse, diese Schmeißfliegen wegzuscheuchen.

Er war wieder einmal, viel früher als gewöhnlich, der See entstiegen und hatte sich von der Seite her unversehens an den Strandkorb herangepürscht. Plötzlich fuhr eine Faust vor Catherinens Antlitz nieder und entriß ihr, ehe sie eine Bewegung machen konnte, ein Briefchen, das sie eben las. Sie fuhr auf und sah Rudolf vor sich stehen, der abwechselnd sie und den Brief ansah.

Sie wurde totenblaß und griff mit zitternden Händen nach dem neben ihr liegenden Bademantel, um ihn Rudolf zu reichen. Er langte sich ihn heftig, warf ihn um und ging mit großen Schritten auf die Kabinen zu, während er das Papier zu lesen begann.

Catherine folgte ihm wie ein Lamm, das zur Schlachtbank geführt wird. Zwei oder drei Zierbengel sahen dem Vorgang aus einiger Entfernung zu. Er trat in seine Zelle und schloß sie hinter sich ab, ohne den Kopf nach Catherine zu wenden, die bang vor der Tür blieb.

Der Brief, den er ihr entrissen hatte, lautete: »Schöne Grausame, – Warum haben Sie nicht geantwortet? In Ihren schönen Augen lese ich süße Versprechen, die mich toll machen, aber Ihr Mündchen bleibt hartnäckig stumm und Sie fahren fort, mir den Rücken zu kehren, wenn ich Sie anflehe. Haben Sie vor Ihrem Gebieter Angst? Ein Wink, und ich finde Mittel und Wege, Sie zu befreien. Ich beschwöre Sie: lassen Sie mich nicht schmachten. Ein Wort, um des Himmels willen! Zu Ihren kleinen Füßen, der Brünette, der Sie anbetet.«

Als Rudolf angekleidet herauskam, schlug er den Weg nach dem Gasthof ein. Sie trottete neben ihm her und suchte mit ihm Schritt zu halten. Sie spähte ängstlich nach seiner finster drohenden Miene und versuchte einigemale, ihn leise anzusprechen, ohne eine Antwort zu bekommen.

Erst auf ihrer Stube stellte er sich vor sie hin und fragte zwischen den Zähnen mit bebender Stimme, indem er ihr den Brief vor die Augen hielt: »Was hast du zu sagen?«

»Höre mich an –«

»Keine Redensarten. Von wem ist dieser Brief?«

»Ich weiß nicht –«

»So! Du weißt nicht! Es ist nicht der erste.«

»Nein. Aber was kann ich dafür –«

»Warum hast du diesen Briefwechsel vor mir verheimlicht?«

»Weil ich ihm keine Bedeutung beimaß – und weil ich fürchtete, daß du es anders ansehen würdest.«

»Wirklich! Wer hat dir die Briefe zugesteckt?«

»Die Kabinenwärterin.«

»Und du hast sie angenommen?«

»Ich ahnte ja nicht –«

»Du ahntest nicht – nach einem ersten Briefe – wo sind die anderen?«

»Ich habe sie zerrissen.«

»Nochmals: wer ist der Schreiber?«

»Ich schwöre dir, ich kenne ihn nicht.«

»Du lügst!«

»Rudolf!«

»Du lügst. ›In Ihren Augen lese ich süße Versprechen.‹ Das ist dein Urteil.«

»Kein Urteil, eine Verleumdung. Ein Narr, ein Elender kann aufschneiden. Was beweist das?«

»Es beweist, daß du ihn ermutigt hast. Du kennst ihn. Du mußt ihn mir bezeichnen.«

»Niemals!« rief sie.

»Du hast Angst, daß die Wahrheit an den Tag kommt. Du bist eine –«

»Rudolf!« kreischte sie auf »sage kein Wort, das nicht wieder gut zu machen ist. Prügle mich, wenn du willst –«

»Ich bin kein Schwarzer.«

Wie von einem heftigen Peitschenhieb getroffen zuckte sie zusammen und sank mit den Händen vor dem Gesichte in die Ecke des rohrgeflochtenen Kanapees. Sie begann so herzbrechend zu schluchzen, daß Rudolf sein brandmarkendes Wort leid tat. Er sagte etwas weniger hart: »Ich will dich nicht weinen machen. Es hat keinen Zweck, daß wir einander Qualen bereiten. Du bist frei. Falschheit und Verrat dulde ich nicht. Aber wenn du meiner überdrüssig bist, wenn dir ein anderer ins Auge sticht, so brauchst du es nur zu sagen – ich halte dich nicht.«

Sie erhob ihr tränenüberströmtes Gesicht aus den vorgehaltenen Händen und stieß hervor: »Deiner überdrüssig! Ein anderer! Rudolf! Was habe ich getan, um das zu verdienen?«

»›In Ihren Augen lese ich süße Versprechen‹,« wiederholte er grausam. »Es ist wahr. Ich weiß, daß es wahr ist. Ich habe dich mehr als einmal dabei überrascht, wie du –«

»Rudolf,« unterbrach sie ihn; »ich war so glücklich bei dir, so glücklich – laß es nicht anders werden. Wenn du mich nicht mehr liebst, so töte mich. Der Tod von deiner Hand wird mir eine letzte Wonne sein. Oder befiehl mir, daß ich mich töte. Ich werde dir ohne Wimpernzucken gehorchen. Aber nicht schelten. Nicht schmollen.«

»Wenn du so sehr fürchtest, gescholten zu werden, warum gibst du dann zu solchen Briefen Anlaß?« Er zerriß das Papier und warf die Fetzen mit einem Ausdruck von Ekel weit von sich, daß sie falterähnlich durch die Luft flatterten.

»Rudolf –«

»Denn du leugnest umsonst, daß du Anlaß gegeben hast. Man wagt sonst nicht. Du bist gefallsüchtig. Du bist herausfordernd. Du machst mich lächerlich. Ich sehe hoffentlich nicht aus wie ein Ehemann, den man hörnt.«

»Wie kannst du nur aus einer harmlosen, nichtssagenden, lächerlichen –«

»Natürlich. Natürlich. Das hat gar keine Bedeutung. Zuerst die Augensprache, die ich nun schon an dir kenne, dann der Briefwechsel –«

»Rudolf,« flehte sie, »wenn du findest, daß ich unvorsichtig war, weil ich nicht immer wie eine Eule dreinsah, so bitte ich dich um Verzeihung. Ich werde es nicht wieder tun, obschon ich mir gar nichts dabei gedacht habe. Das schwöre ich dir. Wie ist es nur möglich, daß ein so kluger Mensch etwas so Einfaches nicht versteht? Die Männer sehen für gewöhnlich so gräßlich stumpf und langweilig aus – es genügt, daß man ihnen einen Blick zuwirft, manchmal ganz unbewußt, dann sind sie plötzlich verwandelt – es ist, wie wenn ein elektrischer Funke in sie geschlagen hätte – sie werden rot – ihre Augen blitzen und rollen – sie hüpfen und tänzeln – sie blähen sich, schlagen ein Rad, machen tausend Drolligkeiten – es ist zum Totlachen. Wenn du von ölgötzenartigen hölzernen Gliederpuppen umgeben wärst und mit einem Blick diese unheimlich leblosen Kegel beleben könntest, daß sie quecksilbern beweglich werden, zu zappeln anfangen und die lustigsten Clownstücklein ausführen, würdest du der Versuchung widerstehen, deine Kraft zu erproben? Würdest du dir ein so kurzweiliges Schauspiel versagen? Ich frage dich!«

Sie war, während sie sprach, ohne es zu merken, selbst so geworden wie die elektrisierten Klötze, die sie schilderte. Ihr Redefluß wurde immer rascher und schoß zuletzt wie ein Wasserfall dahin. Blick und Mienenspiel und Gebärde waren eigentümlich angeregt und wie von der eigenen Beredsamkeit oder den inneren Gesichten, die ihr entsprachen, fortgerissen, brach sie plötzlich in lautes Lachen aus.

Sie erschrak selbst darüber, besonders da ihr nicht entging, daß ihre zu der Lage so schlecht passende Heiterkeit auf Rudolf einen äußerst übeln Eindruck machte, und bemühte sich rasch wieder, betrübt auszusehen.

»Mit deiner Theorie kann man weit kommen,« grollte Rudolf mit zusammengezogenen Augenbrauen und begann langsam in der nicht allzu großen Stube auf und ab zu gehen. »Ich will diese Hexenkünste nicht. Ich will nicht, daß du die Kegel elektrisierst. Die Clowns, die dich umtanzen, wissen ganz genau, was sie wollen –«

»Das ist ja gerade das unwiderstehlich Drollige! Das ist ja gerade das Unterhaltliche!« rief Catherine, indem sie aufschnellte und sich wieder auf den Sitz zurückfallen ließ.

»Hast du dich auch gefragt, welche Rolle ich in deinem Zirkus spiele? Glaubst du, daß die Clowns auch mich unterhalten?«

Sie glaubte es vielleicht, aber sie gestand es nicht. Sie antwortete vielmehr kleinlaut: »Du hast vielleicht recht –«

»Vielleicht?«

»Du hast ohne Zweifel recht. Aber es ist oft stärker als ich – wenn das Gezappel anfängt, muß ich nachhelfen – ich kann mich nicht enthalten. Ich werde es nicht wieder tun, da es dir mißfällt. Und wenn ich in die Unart zurückverfallen sollte, bitte ich dich im voraus um Verzeihung. Du bist gut. Du bist großherzig. Du wirst mich gegen mich selbst verteidigen.«

Bei solcher Widerstandslosigkeit war es unmöglich, heftig zu bleiben.

»Ich will dir glauben. Aber hier können wir nicht länger bleiben.«

»Aber Rudolf –«

»Das stört dich?« brauste er wieder auf.

»Nicht im geringsten,« erwiderte sie hastig, »ich sehe nur nicht ein –«

»Ich müßte aufs Baden verzichten, denn ich kann dich nicht mehr am Strand allein lassen. Also weg.«

»Wie du willst, Schatz. Nur sei nicht böse. Ich verdiene es nicht. Ich liebe dich so sehr!«

Am nächsten Tage führte der Zug sie weiter westwärts. Er änderte seinen Plan. Er verzichtete auf längere Aufenthalte und Ruhe und wollte nun möglichst viele Orte sehen, die ganze Küste von St. Malo bis Nantes, das Binnenland auf den Strecken von Dinan bis Brest und von Quimper bis Chateaubriand. Die Reise war nicht durchweg Vergnügen. Sie hatte Demütigungen und Dornen. Es kam einigemale vor, daß man in den meist von Damen gehaltenen ehrbaren Gasthöfen wenig besuchter Provinzstädte nach einem ausdrucksvollen Blick auf seine Begleiterin erklärte, es sei kein Zimmer frei. Um sich derartigen Abweisungen, die ihm das Blut in die Wangen jagten, nicht auszusetzen, nahm er bald die Gewohnheit an, von vornherein in Häuser zweiten Ranges zu gehen, wo er unter der Unsauberkeit und allgemeinen Zurückgebliebenheit litt. Die Verbindung mit den Seinen und mit Jack, der in Schottland mit seinem Sohn und Schwiegersohn Waldhühner schoß und Forellen fischte, wurde ärgerlich unsicher. Briefe gingen verloren oder erlitten, von Post zu Post nachgesendet, endlose Verspätungen. Er hatte die niederdrückende Empfindung, daß er aus seiner Kaste ausgestoßen, ein Paria, ein Höhlenschliefer geworden sei. Er mußte die Gasthöfe der guten Gesellschaft meiden. Jedes Schreiben seiner Mutter brachte ihm zum Bewußtsein, daß er ihr – und nun gar den Schwestern! –

jetzt nicht vor die Augen treten könnte. Catherine war tadellos, wenn sie mit ihm allein war, und sie wünschte sich nichts Besseres, als immer mit ihm allein zu sein. Aber sein Argwohn, der, einmal rege geworden, nicht wieder einschlief, nahm häufig an ihr Anstoß, wenn sie im Bahnabteil, an der Wirtstafel, an Stränden, in Kasinos unter Leuten waren. Es kam zu Auftritten, er warf ihr Blicke und Haltungen vor, nicht einmal immer ihre eigenen, sondern die der anderen, und es verdroß ihn, daß er nichts zu erwidern fand, wenn sie klagte: »Aber Schatz, die Leute sind doch nicht auf den Kopf gefallen, sie sehen ganz gut, daß wir nicht verheiratet sind, und da nehmen sie sich leicht etwas heraus. Das ist doch nicht meine Schuld.«

Er fühlte sich vermindert und verkleinert. Inmitten der wechselnden Stadt- und Landschaftsbilder, die sechs Wochen lang an seinen Blicken vorüberzogen und ihn mit unmittelbaren, immer neuen Eindrücken genügend anregten, um kein Brüten aufkommen zu lassen, gab es doch ab und zu Augenblicke, namentlich wenn er mit Catherine Ärger gehabt hatte, wo ihm erschreckend deutlich wurde, wie sehr sich sein Gesichtskreis verengt hatte, auf welch niedern Plan sein ganzes Denken gesunken war. Die großen Probleme, die seit Jahren zu allen Stunden seinen Geist zu erfüllen pflegten: das Leben der Worte mit der Erhöhung und Erniedrigung ihrer Würde, der Wandel ihres Sinnes als fortlaufender Zeuge der feinsten Änderungen in den Gefühlen und Anschauungen der Zeit, die unbewußte Offenbarung der Volksseele auch in der individuellen Kunstdichtung, traten immer mehr in den Hintergrund seines Denkens und verdämmerten beinahe vollständig. »Du bist ein ungewöhnlich gewecktes kluges Ding, aber mich machst du entschieden dumm,« sagte er halb scherzend, halb bitter vorwurfsvoll zu Catherine und es tröstete ihn nicht, wenn sie erwiderte: »Ich lehre dich lieben, das ist doch die größte Klugheit und die vornehmste Wissenschaft.«

Mit der Zukunft sich zu beschäftigen mußte er streng vermeiden, wenn er nicht in die unbehaglichste Stimmung verfallen wollte. Die Vergangenheit zu berühren scheute Catherine sich ängstlich. So waren beide auf die Gegenwart allein angewiesen. Das bedeutete eine fast unerträgliche Einschnürung und Verödung des Denkens, das sich nur in den winzigen, kindischen Erlebnissen des Tages

bewegen durfte. Es war nicht zu verhindern, daß das Gespräch an
den länger werdenden Septemberabenden sich mitunter doch über
diesen engen Bannkreis hinaus verirrte. Da machte Catherine
schwermütige Andeutungen von einem Vater, der Gymnasiallehrer
war, trunkfällig wurde und sein Amt verlor, von einer guten, lieben
Mutter, die den Säufer von Mann und die vernachlässigten Rangen
von Kindern ernähren mußte und dies nach anfänglichen tapferen
Kämpfen mit allen Mitteln einer hübschen und anmutigen Frau tat,
und wenn sie in ihren Erinnerungen so weit war, riß sie plötzlich
den Faden ab und begann von Nationalfesten und Bällen und Thea-
terstücken zu plaudern, bei denen sie sich gut unterhalten hatte,
und Rudolf sah in seiner Vorstellung grinsende Mohrenfratzen
heraufkommen, vor denen ihm graute wie vor einem Spuk. War er
es, der seine Kindheit und Jugend erzählte, so fühlte er es fast als
anstößig, Mutter und Schwestern laut zu nennen, und er empfand
deutlich, daß in diesen Bildern der Heimat für sie kein Platz war.
Da fanden sich beide nach solchen Abschweifungen unversehens
wieder bei den Hotel- und Kasino-Abenteuern einer versuchten
Kellnerprellerei, eines verwechselten Strohhutes oder eines drolli-
gen Nachbars im Gasthofomnibus oder schwärmten bestenfalls
gemeinsam von der Schönheit einer bretonischen Heide mit einem
Menhir neben einem Kalvarienberg.

Der Oktoberbeginn machte dem sorglosen, zuletzt nicht oft lusti-
gen Schweifen ein Ende. Sie kehrten nach Paris in ihr altes Nest am
Quai Conti zurück. Nun mußte er sich für etwas entscheiden. Der
Gedanke, Catherine zu verlassen, war ihm so schmerzlich, daß er
dabei nicht verweilen konnte. Andererseits wurden die Briefe der
Mutter immer unruhiger, immer drängender, nicht am wenigsten
auch darum, weil er um eine Erhöhung seines Wechsels bitten mußte, die bis an die Grenze ihrer Leistungsfähigkeit ging.

»Ich werde nicht umhin können,« eröffnete er Catherine nach der
Ankunft in Paris, »auf einige Tage nach Hause zu reisen.«

Catherine wurde leichenblaß. »Warum?«

»Ei, das bedarf doch keiner Erklärung. Ich habe die Meinen seit
einem Jahre nicht gesehen. Ich muß allerlei Angelegenheiten ord-
nen. Ich muß die Zustimmung meiner Mutter zu einer Verlänge-
rung meines Aufenthaltes in Paris erlangen.«

»Und ich?«

»Du bleibst inzwischen hier. Ich werde nicht lange weg sein.«

»Rudolf,« sagte sie angstvoll, »du willst mich verlassen.«

Er zog sie an sich und küßte sie. »Närrchen, was fällt dir ein? Hältst du mich für so tückisch?«

»Dann nimm mich mit.«

»Unmöglich.«

»Weshalb unmöglich? Ich werde dich nicht stören. Du läßt mich in einem Gasthof und gehst zu den Deinen. Es genügt mir, wenn du täglich auf ein Viertelstündchen zu mir kommst.«

»Das ist ganz ausgeschlossen. Bonn ist nicht Paris. Meine Besuche würden keinen Tag lang geheim bleiben.«

»Gut. Dann besuche mich nicht. Ich bin schon zufrieden, wenn ich dieselbe Luft mit dir atme und dich von weitem sehe. Aber ich will in deiner Nähe sein.«

Er schüttelte mißmutig den Kopf, ging von ihr weg ans Fenster und starrte auf die Seine hinaus. Sie folgte ihm, umschlang ihn und begann bitterlich zu weinen. »Ich sehe, der schreckliche Augenblick ist gekommen. Sei offen gegen mich. Das ist die letzte Liebe, die letzte Gnade, die ich von dir erflehe.«

»Wie kannst du nur solches Wesen von einer kurzen Abwesenheit machen!« rief er ungeduldig und schob sie zurück.

Sie schluchzte heftiger. »Du kommst nicht wieder, wenn du von mir gehst. Ich weiß es. Man läßt dich nicht. Niemand wird für mich eintreten. Geh nicht weg von mir oder laß mich mitgehen. Oder sage: es ist aus.«

»Catherine, hast du mir nicht damals gesagt: Ich bin keine Krampe? Wenn ich das damals geahnt hätte –«

»Zanke mich nicht aus, Schatz,« sagte sie sanft, während sie die strömenden Tränen zu trocknen suchte. »Nein. Ich bin keine Krampe. Reise in Gottes Namen, wenn du mußt, und sei glücklich mit den Deinigen. Aber mich findest du nicht wieder. Suche mich gar nicht erst. Ich kann ohne dich nicht leben. Keinen Tag. Keine Stunde. Geh. Geh. Nur eins möchte ich: daß du dich manchmal mit einiger Liebe der kleinen Pariserin erinnerst, die dich geliebt hat, wie nie wieder ein Weib dich lieben wird.«

»Genug, genug,« brummte er, aber sein Entschluß hatte Sprünge bekommen und stürzte ein.

Es war ihm eine ungeheure Erleichterung, als wenige Tage nach ihm auch Jack in Paris eintraf und sich dafür entschied, wieder mit ihm in demselben Garni zu wohnen. Er kam nicht aus Schottland, sondern vom Rhein. Er hatte die Frau Geheimrat besucht und sie schwer besorgt gefunden. Sie hatte ihn beschworen, über Rudolf zu wachen. Sie wußte nichts, aber ihrem Mutterherzen schwante etwas. Sie war fest entschlossen, nicht zu dulden, daß ihr Sohn in Babel verderbe.

Er sagte Rudolf nicht, welchen Eindruck er von ihm empfing, er schien ihm aber erschreckend verändert. Er war nicht mehr der überschäumend frische, schwungvolle Junge mit den Wangen von Milch und Blut und den kühnen, lachenden Blauaugen. Er zeigte ein gedrücktes, verlegenes Wesen, schien träger zu denken und sprach langsamer. Er hatte keine gute Farbe und um Augen und Mund zeigte sich ein müder, unzufriedener Zug.

Catherine begrüßte Jack nett und zutraulich, aber im Innern war sie nicht froh, ihn wiederzusehen. Sie fühlte, daß Rudolf ihr entschwand, wenn er seinen alten Schotten hatte. Sie manövrierte schlau, um zu verhindern, daß er mit ihm allein sei, und um sie auf eine Viertelstunde abzuschütteln, mußte Rudolf ihr derb sagen: »Sei doch keine Klette. Jack hat mir vom Hause allerlei zu erzählen, was dich nicht interessiert.«

»Was nun?« fragte Jack, als Rudolf bei ihm eingetreten war und die Tür etwas heftig hinter sich zugeschlagen hatte.

»Ich habe mich entschlossen, noch ein Jahr in Paris zu bleiben. Ich habe es der Mutter geschrieben.«

»So! Du hast ohne Zweifel entdeckt, daß deine hiesigen Studien noch nicht abgeschlossen sind?«

»Ganz richtig. Zehn Monate waren wirklich zu wenig. Ich habe den Umfang meiner Arbeiten unterschätzt.«

Jack sah ihn ernst an und Rudolf schlug die Augen nieder.

»Armer Rudolf! Steht es so mit dir! Kindische Ausreden selbst mir gegenüber!«

»Erlaube –«

»Ich erlaube nicht. Die dumme Geschichte sollte bis zum Herbst dauern und dann wolltest du brechen. Statt dessen –«

»Was willst du? Es geht nicht. Lebende Menschen sind keine Schachfiguren und keine geometrischen Zeichnungen. Ich bringe es nicht übers Herz, sie von mir zu stoßen. Sie hat es nicht um mich verdient.«

»Aber Mensch! Bist du von Sinnen? Was kann sie dir sein?«

»Alles. Sie ist eine interessante Seele.«

»Höchstens ein interessanter Leib.«

Rudolf war bei Jack an keine Zynismen gewöhnt und errötete wie ein junges Mädchen. »Tritt ihr nicht nahe. Ich müßte es mir verbitten. Sie verdient jede Rücksicht. Selbst Achtung, denn es sind in ihr Anlagen zu allem Guten und Schönen vorhanden.

Der Gedanke hat für mich nichts abschreckendes, sie zur Genossin meines Lebens zu machen.«

»Rudolf! Und ihre Vergangenheit!«

»Du darfst sie dafür nicht verantwortlich machen. Und sie hat sie vergessen. Ich werde mir Mühe geben, mir gleichfalls eine Gedächtnislücke anzuerziehen.«

»Du würdest sie deiner Mutter, deinen Schwestern vorstellen?«

»Nach einer ausreichenden Probezeit, wenn sie sich dessen würdig zeigt –«

»Genug der Dummheiten. Ich habe deiner Mutter versprochen, dich ihr wiederzubringen. Ich werde Wort halten oder ich will nicht Jack MacIntyre heißen.«

»Ereifre dich nicht, Jack, du wirst mich ihr wiederbringen, mit Catherine. Ich kann, ich darf sie nicht verlassen. Ich bin für sie sittlich verantwortlich. Mein Gewissen würde mich anklagen, wenn ich – weißt du, daß es ihr Tod wäre?«

»Das sagt sie.«

»Zweifle nicht daran.«

»Und wenn auch! Du oder sie. Es ist der Fall der zwei Ertrinkenden, von denen man nur einen retten kann. Man muß wählen. Ich wähle dich.«

»Mache dich nicht lächerlich mit solchem Schwulst. Ich sehe nicht, wieso ich gefährdet bin.«

»Ich sehe es. Sie frißt dich auf, mit Leib und Seele. Sie ist eine hysterische Verwüsterin von Männerleben, die moderne Belit oder Astarte, die Menschenopfer fordert. Wenn sie behauptet, daß sie ohne dich nicht leben kann, so laß sie sterben.«

»Würdest du den traurigen Mut haben, an einem jungen, schuldlosen, liebenden Menschenkind zum Henker zu werden?«

»Nicht ich werde an ihr zum Henker, die Natur selbst besorgt dies. Sie scheidet einen gefährlichen Schädling aus. Die Unglückliche gehorchte einem heilsamen Trieb, als sie ins Wasser sprang. Du hast eine klare Absicht der Natur frevelhaft vereitelt.«

»Kratze den Freidenker und du entdeckst den Inquisitor.«

»Sie hat Männer in den Tod getrieben. Ich will dir ihre Geschichte erzählen.«

»Ich will nichts hören. Du bist ein Egoist mit steinernem Herzen. Genug von diesem Gegenstand.«

Jack mußte sich fügen, denn Rudolf griff nach der Klinke, als er fortfahren wollte, gegen Catherine loszuziehen.

Die Wirkung von Jacks heftigen Warnungen war merkwürdig verschieden von der, die er sich davon versprochen. Die Vorstellung von der Gefährlichkeit dieses süßen kleinen Wesens hatte einen aufregend prickelnden Reiz wie scharfes Gewürz. Sie schmeichelte ihm weit mehr, als sie ihn ängstigte. Seine Einbildungskraft, von jeher auf romantische Tonarten gestimmt, gefiel sich darin, bei dem dämonischen Zug in Catherinens Wesen deutend, vertiefend, ausgestaltend, mythenbildend zu verweilen. In seiner Seele wurden Anklänge an die Sagen laut, worin das uralte Grauen des Mannes vor der unheimlichen Gewalt des Weibes sich von jeher dichterisch ausgedrückt hat: die thebanische Sphinx, deren Tatzen dem Einfaltspinsel tötlich wurden, die Zauberin Circe, die den Hofmacher vertierte, die Elfenkönigin, die den Sterblichen nachts beglückte, um ihm beim Morgengrauen zu entschwinden und ihn als Greis zurückzulassen – all das geheimniste er ein wenig in Catherine hinein und er dachte sich dazu, daß die Sphinx ihren Ödipus und Circe ihren Odysseus und die Elfenkönigin ihren klugen Schäfer gefunden hatte, der sich in der Nacht ihres Rubinkrönleins bemächtigte und sie damit für immer an sich fesselte. Auch der Geist aus »Tausend und Einer Nacht« fiel ihm ein, den der Fischer aus der mit Salomonis Siegel verwahrten, ins tiefe Wasser versenkten Flasche befreit, der sich nachher unheilstiftend gegen seinen Befreier wendet und den dieser wieder in die Flasche bannt und ins tiefe Wasser zurückschleudert. Keine Bange! Er blieb Herr der Lage und seiner rätselhaften Freundin immer überlegen.

Das äußere Leben der beiden mußte sich jetzt ändern. Es ging nicht länger an, bis mittag im Bette zu bleiben, nachmittags spazieren zu gehen oder zu fahren, den Abend in Theatern oder Singspielhallen zu verbringen. Er mußte wieder auf Arbeit bedacht sein. Er bemühte sich zunächst, für seine altfranzösische Handschrift einen Verleger zu finden. Das kostete viel Lauferei und einen regen, weitläufigen Briefwechsel. Das Lesen der Korrekturabzüge, das dann folgte und das er mit peinlichster Sorgfalt ausführte, nahm gleichfalls viel Zeit in Anspruch. Da konnte er sich Catherine weit weniger widmen als sonst. Wollte sie mit ihm plaudern, während er am Schreibtisch saß, verwies er sie, nicht immer geduldig, zur Ruhe. Viele Stunden hintereinander zu lesen war sie nicht imstande. Sie langweilte sich und sagte es Rudolf.

Er begriff es. »Natürlich langweilst du dich. Du müßtest ja eine Auster sein, um dich bei ewigem Müßiggang nicht zu langweilen. Suche dich zu beschäftigen. Du hast ja arbeiten wollen.«

»Erlaubst du mir das?« fragte sie freudig.

»Warum sollte ich nicht?« gab er verwundert zurück.

Sie klatschte in die Hände und fiel über Rudolf her, um ihn mit Küssen zu bedecken. »Ich will mich gleich morgen umtun. In eine Werkstatt will ich nicht gehen. Denn ich kann nicht den ganzen Tag fern von dir sein. Ich hoffe, Arbeit nach Hause zu bekommen. Du sollst sehen, wie geschickt ich bin und wie viel Geld ich verdienen werde.«

»Um so besser. Es wird nicht schaden, wenn du dir deine Toilette erwerben kannst.«

Er hatte Catherine für den Herbst und Winter ausstatten müssen und dabei eine Vorstellung davon bekommen, was es selbst bei geringen Ansprüchen kostet, holde Weiblichkeit zu unterhalten. Ohne eine Zwangsanleihe bei Jack, die er aus seinen künftigen Wechseln zurückzuzahlen hoffte, war er seinen ursprünglichsten Pflichten des Besitzers einer schönen Freundin nicht gewachsen.

Rudolf konnte nicht erraten, warum Catherine so hocherfreut war. Sie erlangte ganz einfach, ohne Lockerung des Bandes, das Rudolf an sie knüpfte, ihre Freiheit wieder. Sie konnte wieder kommen und gehen, ohne Erklärungen geben zu müssen. Das war ihr ein Bedürfnis, das sich seit der Rückkehr aus der Bretagne bis zur Unerträglichkeit gesteigert hatte. Mit Rudolf allein zu sein war ihr eine Lust, wenn er sich ihr widmen konnte. Dagegen fand sie es tötlich, wenn er über seine Korrekturabzüge mit gekrümmtem Rücken wie ein Alter gebeugt war und stundenlang keinen Blick, kein Wort, keinen Kuß für sie hatte. Sie konnte so wenig still halten wie ein Spatz. Sie mußte flattern und sprudeln und zwitschern. Sie brauchte Bewegung und Lärm um sich. Auch Beachtung, Verlangen und Anfechtungen.

Und noch etwas anderes. Ihre Vergangenheit war nur für Rudolf tot, nicht auch für sie. Sie kroch wieder ganz sachte aus der Vergessenheit hervor und streckte dünne, zähe Saugarme nach ihr aus. Sie wollte wissen, ob ihre Alten noch lebten, ob der elende Papa nicht schon endlich an dem ersehnten Delirium tremens eingegangen war, ob ihre Schwester noch immer mit dem kleinen Schauspieler von den Bouffes du Nord lebte und von ihm täglich geprügelt wurde, und sie hatte auch eine verderbte, wonnevoll sündige Neugierde, was aus Cartaux, für sie der kleine Jacques, geworden war. Wirklich nichts als Neugierde. Denn sie liebte Rudolf mit ihrem ganzen Wesen und sie schüttelte sich bei dem bloßen Gedanken einer Untreue. Es drängte sie nur, zu erfahren, wie Jacques sich zu ihrem Verlust verhalten hatte. Sie wußte am besten, daß sie gegen ihn im Unrecht war. Sie hatte ihm zur Eifersucht Anlaß gegeben.

Aber sie trug es ihm doch nach, daß er sie nicht zurückgehalten hatte, ihr nicht nachgeeilt war, als sie, von ihm mit dem Revolver bedroht, kaum bekleidet hinausstürzte, auf die Straße, in die Nacht, in den Tod... In den Tod aus Empörung darüber, daß er sie hatte laufen lassen. Nur darum? Oder auch aus anderen Gründen? Sie wußte es selbst nicht mehr. Jedenfalls war es sehr dumm. Und doch wäre es ihm ganz recht geschehen, wenn sie damals gestorben wäre; durch seine Schuld. Er war feige ausgerissen, als sie nicht wiederkam. Er fürchtete wohl, wegen ihres Todes Unannehmlichkeiten zu haben. Ob er schon wußte, daß sie nicht gestorben war, als er ihr im Luxembourggarten begegnete? Ob er überhaupt erfahren hatte, was in jener Nacht vorgegangen und nachher aus ihr geworden war? Ob er litt, wenn er sich erinnerte? Sie hätte das überaus gern gewußt, wie eitle Menschen viel darum geben möchten, ihren Nekrolog zu lesen.

Ihn wollte sie nicht sehen, sie fürchtete die Begegnung; aber einen seiner Freunde, mit denen auch sie vertraut verkehrt hatte; am liebsten den, der ihm am nächsten stand, den Interne. Sie suchte ihn in seinem Krankenhaus auf. Er war seit Beginn des Schuljahrs nicht mehr in der Charité. Der Pförtner wußte nicht, nach welcher Abteilung er versetzt war. Sie würde es bei der Armenverwaltung erfahren. Dort erhielt sie die Auskunft, daß er jetzt dem St. Louis-Krankenhaus zugeteilt war. Das war zu weit. Dorthin konnte sie nicht gehen. Denn allzu lang, halbe Tage wegzubleiben schien ihr doch nicht geraten. Sie ging in den Lesesaal des Louvre-Magazins und schrieb ihm, sie empfinde das Bedürfnis, ihn wiederzusehen und sich mit ihm einmal so recht vom Herzensgrunde auszuplaudern, er solle ihr postlagernd – sie gab Buchstaben und ein Postamt am Quai Malaquais an – mitteilen, ob er sie an einem der allernächsten Tage gegen drei Uhr im Antikensaal des Louvre, vor der Venus von Milo, erwarten wolle.

Ihre täglichen Ausgänge, von denen sie bisher allerdings, aus triftigen Gründen, noch keine Arbeit heimgebracht hatte, schienen ihr trefflich zu bekommen. Sie war nun dauernd vergnügt und zärtlich wie in ihren verliebtesten Stunden. Das Bewußtsein, ihre kleinen Geheimnisse zu haben, wirkte auf sie erregend wie Schaumwein. Rudolf bildete sich ein, es sei die Erlösung aus der Faulenzerei, was sie so froh, fast übermütig machte.

Catherine hatte ihm einmal, in der ersten Zeit ihrer Liebe, gesagt, eine Chiromantikerin habe aus ihren Handlinien trübe Geschicke herausgelesen; sie wisse, daß sie eine saturnische Natur sei. Der Ausdruck war ihr geläufig, denn sie war eine Leserin und große Verehrerin von Verlaine.

Sie war in der Tat eine saturnische Natur. Sie hatte kein Glück. Der Interne, dem sie geschrieben hatte, traf zufällig im Hofe der medizinischen Fakultät Jack, mit dem er seit der gemeinsamen Mahlzeit kameradschaftliche Beziehungen unterhielt.

»Was ich sagen wollte, lieber Herr Mac, sind Sie noch mit der kleinen Catherine?«

»Ich?!« rief Jack empört, während sein Gesicht purpurrot wurde.

»Na, na, ich wollte Ihrer anglikanischen Tugend nicht nahetreten. Ich glaubte –«

»Sie sind verrückt. Ich habe mit der kleinen Catherine nie etwas zu schaffen gehabt.«

»Um so schlimmer. Sie ist ein reizender Kerl. Ich würde es als Kompliment ansehen, wenn mich jemand im Verdacht hätte.«

»Wie kommen Sie auf diesen Unsinn?«

»Ich dachte, weil Sie sich vor einiger Zeit so lebhaft für die Kleine interessierten und weil sie dann vollkommen aus dem Umlauf verschwand. Sie scheint Heimweh nach dem Boul' Mich' zu haben. Wenigstens schreibt sie mir ungefähr in diesem Sinne.«

»Nein!« stieß Jack so laut hervor, daß der leichtblütige junge Mann ihn verwundert ansah.

»Wieso nein? Halten Sie mich etwa für einen Aufschneider?«

»Verzeihen Sie – ich meinte nur. Will die Kleine mit Ihnen anbändeln?«

»Ich weiß nicht. Ich wage nicht zu hoffen, obschon sie mir ein Stelldichein gibt.«

»Ei, ei. In ihrer Wohnung?«

»Nein. In ihrer überspannten Weise zu den Füßen der Venus von Milo. Ich glaube, sie will nur über mich zu ihrem Cartaux zurückgelangen.«

»Haben Sie den Brief bei sich?«

»Warum?«

»Könnte ich nicht einen Blick hineinwerfen?«

»Teufel auch! Ist das in England üblich?«

»Sie mißverstehen mich. Der Fall interessiert mich rein psychologisch und ethnographisch.«

Der Interne sah ihn scharf an, lächelte, drehte sich den Schnurrbart und verabschiedete sich von ihm. Jack gab eine Arbeit, die er vorhatte, auf und ging langsam nach Hause. Er kämpfte einen schweren Kampf mit sich. Seine natürliche Ritterlichkeit gebot ihm Schweigen. Sein Wunsch, Rudolf von der kleinen Hexe zu befreien, ließ es ihm als unabweisliche Pflicht erscheinen, dem Freunde den Verrat zu enthüllen, den Catherine plante oder schon begangen hatte. Denn daß ihm der Interne keinen Bären aufgebunden hatte, davon war er fest überzeugt.

Er fühlte sich gerechtfertigt, Rudolf die Augen zu öffnen. Er tat es ohne Übertreibung, doch ohne Schonung. Er wiederholte die Worte des Interne mit der Genauigkeit eines Zeugen, der unter seinem Eid aussagt.

Rudolf glaubte, ein Folterknecht reiße ihm das Herz vom Geäder los. Es war ein Schmerz, wie er ihn nie empfunden hatte. Zum Aufbrüllen. Zum Zusammenbrechen. Jack erschrak über den Ausdruck seines Gesichts und wollte ihm zureden, vernünftig zu sein. Rudolf bat ihn nur, ihn allein zu lassen.

Die Mitteilung überraschte ihn, während sich in ihm ganz still ein vollkommener Wandel der Hintergrunddekoration seines Lebensschauspiels vollzog. Angesichts der Schwierigkeit, Catherine in seine Familien-, Militär-, Gesellschaftsverhältnisse einzuordnen, machte er sich allmählich mit dem Gedanken vertraut, ihr zuliebe aus allen diesen Verhältnissen herauszutreten. Den Seinen war er nicht unentbehrlich. Eine Laufbahn tat sich ihm überall auf, wo es einen Lehrstuhl für Romanistik gab, auch im Ausland, selbst in

Frankreich, wenn nicht gleich in Paris, dann an einer Provinzfakultät. Und mitten in der Arbeit der Anpassung an diese neuen Ausblicke flog eine Mine auf und legte den schimmernden Bau in wüste Trümmer.

Es war ein November-Nachmittag, der Himmel blaßgrau, der Quai mit den letzten welken Blättern der Straßenbäume bestreut, der Strom grüngelb und schlammgetrübt unter brauendem Nebel. Knapp vor Anbruch der Nacht kam Catherine von ihrem Ausgang heim und eilte wie gewöhnlich auf Rudolf zu, um ihm an den Hals zu fliegen. Er stieß sie zurück. Sie starrte ihn verblüfft an und bemerkte seine verzerrte Miene.

»Was hast du, Schatz?« stammelte sie, mitten in der Stube stehen bleibend.

»Die Komödie ist zu Ende, ich weiß alles, Verruchte.«

Wie ein Blitz schoß es ihr durch den Kopf: »Der postlagernde Brief ist ihm in die Hände gefallen!« Sie war nahe daran, die Geistesgegenwart zu verlieren, in die Kniee zu sinken, mit gefalteten Händen »Verzeihung! Gnade!« zu rufen. Da fuhr er fort:

»Du kommst wohl von deinem Neger. Gehe wieder zu ihm.«

Nein. Er konnte den Brief nicht haben. Wie wäre es auch möglich – Sie sammelte ihre Geister. »Rudolf! Was soll das heißen! Ich verstehe dich nicht! Du phantasierst!«

»Nochmals, ich weiß alles.«

»Was weißt du? Es gibt nichts zu wissen.«

»Leugnest du, daß du geheime Briefe wechselst?«

»Ich leugne es. Geheime Briefe? Mit wem?«

»Und die Rendezvous – am Fuße der Venus von Milo –«

Wieder wurde ihr schwarz vor den Augen. Aber sie machte eine neue Anstrengung. »Du träumst! Beweise!«

Wortlos schritt er zur Tür hinaus und kam gleich mit Jack wieder. »Die Elende leugnet. Sie verlangt Beweise. Sprich.«

Als Catherine Jacks ansichtig wurde, kam eine Wut über sie, die sie alles vergessen machte. »Ah! Dieser heuchlerische Clown ist der

Angeber! Nichtswürdiger Spion! Verräter! Du treibst ein sauberes Handwerk. Was bekommst du dafür? Liest du das in deiner Bibel? Gleisnerischer Pastor! Hahnrei!«

Jack zuckte die Achseln. »Dein unflätiges Geschimpf,« sagte Rudolf zähneknirschend, »ist ein Geständnis. Geh! Ich will nichts mehr von dir wissen.«

Sie rutschte auf den Knien zu ihm und umfaßte ihn: »Rudolf! Ich flehe dich an! Höre mich an! Der Schein ist gegen mich –«

Er machte sich mit einer schroffen Bewegung los. »Geh. Ich bin mit dir fertig.«

»Rudolf! Wenn du mich wegschickst, so schickst du mich in den Tod!«

Er wandte ihr den Rücken. Da sprang sie auf, schrie gellend: »Du hast es gewollt!« und flog zur Tür, die sie wild aufriß. Es war in ihrem Schrei eine besinnungslose Verzweiflung, die ihn zwang, sich jäh umzukehren und einen Schritt zu ihr hin zu tun. Sie war aber schon draußen und auf der ersten Treppenstufe. Er wollte ihr nacheilen. Die Tür flog vor ihm ins Schloß, zwei eiserne Fäuste packten ihn und hielten ihn fest.

»Laß mich! Jack! Sie tut sich etwas an!« keuchte er und suchte sich loszureißen. Jack blieb stumm und drängte ihn von der Tür weg. Ein furchtbares Ringen begann zwischen dem Jüngling und dem reifen Mann, der bärenstarke Schotte bemeisterte aber den heftig erregten, fassungslosen Rudolf und schleuderte ihn in den Hintergrund des Zimmers zurück.

»Du bist ein Mörder!«

»Ich bin ein Retter,« sagte Jack tief atmend und stemmte sich mit dem breiten Rücken gegen die Tür.

Rudolf stand am Fenster. »Ah!« schrie er auf und suchte mit zusammengekrampften Händen die Flügel aufzureißen. Er sah sie im Zwielicht unten über den Straßendamm jagen – wie damals – und hinter der Quaibrüstung verschwinden – und im Nu einen großen Auflauf entstehen – und Leute hin und her rennen und gestikulieren – und Schutzleute laufen – wieder machte er einen Satz zur Tür, um hinaus zu gelangen, wieder schlug Jack seinen Angriff ab. Da brach Rudolf, obschon sonst nicht nervenschwach, zusammen und begann zu schluchzen wie ein kleines Kind....

Diesmal war niemand Catherine nachgesprungen. Mehrere Kähne waren losgetaut worden. Man hatte gerudert, gekreuzt und gestakt. Die Haken hatten aber nichts an die Oberfläche gebracht.

Jack suchte Rudolf alle qualvollen Berührungen mit der Polizei zu ersparen. Er erstattete die Anzeige. Er gab die Habseligkeiten ab. Er entführte ihn nach drei Tagen aus Paris, in die Heimat.

Weihnachten feierte Rudolf mit den Seinen. Die Mutter behandelte ihn wie einen Kranken, kaum Genesenden. An Jack hatte er seit der schrecklichen Minute nicht wieder das Wort gerichtet. Das hinderte Adele nicht, sich unter dem Christbaum mit ihm zu verloben; nicht aus Dankbarkeit allein, aber auch aus Dankbarkeit.

Über tredition

Eigenes Buch veröffentlichen

tredition wurde 2006 in Hamburg gegründet und hat seither mehrere tausend Buchtitel veröffentlicht. Autoren veröffentlichen in wenigen leichten Schritten gedruckte Bücher, e-Books und audioBooks. tredition hat das Ziel, die beste und fairste Veröffentlichungsmöglichkeit für Autoren zu bieten.

tredition wurde mit der Erkenntnis gegründet, dass nur etwa jedes 200. bei Verlagen eingereichte Manuskript veröffentlicht wird. Dabei hat jedes Buch seinen Markt, also seine Leser. tredition sorgt dafür, dass für jedes Buch die Leserschaft auch erreicht wird.

Im einzigartigen Literatur-Netzwerk von tredition bieten zahlreiche Literatur-Partner (das sind Lektoren, Übersetzer, Hörbuchsprecher und Illustratoren) ihre Dienstleistung an, um Manuskripte zu verbessern oder die Vielfalt zu erhöhen. Autoren vereinbaren direkt mit den Literatur-Partnern die Konditionen ihrer Zusammenarbeit und partizipieren gemeinsam am Erfolg des Buches.

Das gesamte Verlagsprogramm von tredition ist bei allen stationären Buchhandlungen und Online-Buchhändlern wie z. B. Amazon erhältlich. e-Books stehen bei den führenden Online-Portalen (z. B. iBookstore von Apple oder Kindle von Amazon) zum Verkauf.

Einfach leicht ein Buch veröffentlichen: **www.tredition.de**

Eigene Buchreihe oder eigenen Verlag gründen

Seit 2009 bietet tredition sein Verlagskonzept auch als sogenanntes "White-Label" an. Das bedeutet, dass andere Unternehmen, Institutionen und Personen risikofrei und unkompliziert selbst zum Herausgeber von Büchern und Buchreihen unter eigener Marke werden können. tredition übernimmt dabei das komplette Herstellungs- und Distributionsrisiko.

Zahlreiche Zeitschriften-, Zeitungs- und Buchverlage, Universitäten, Forschungseinrichtungen u.v.m. nutzen diese Dienstleistung von tredition, um unter eigener Marke ohne Risiko Bücher zu verlegen.

Alle Informationen im Internet: **www.tredition.de/fuer-verlage**

tredition wurde mit mehreren Innovationspreisen ausgezeichnet, u. a. mit dem Webfuture Award und dem Innovationspreis der Buch Digitale.

tredition ist Mitglied im Börsenverein des Deutschen Buchhandels.

Dieses Werk elektronisch lesen

Dieses Werk ist Teil der Gutenberg-DE Edition DVD. Diese enthält das komplette Archiv des Projekt Gutenberg-DE. Die DVD ist im Internet erhältlich auf **http://gutenbergshop.abc.de**